いラブシーン

風《かざ》見《み》香《か》帆《ほ》
ILLUSTRATION
北《きた》沢《ざわ》きょう

CONTENTS

脚本のないラブシーン

◆
脚本のないラブシーン 1
007
◆
脚本のないラブシーン 2
121
◆
そのままのきみだから
217
◆
あとがき
252
◆

脚本のないラブシーン　1

「おい、今夜これから日暮鷹之《ひぐらしたかゆき》がくるって」

「マジで？　何時ごろ？」

「これからってことは一時間以内にはくるだろ。一番奥の個室がキープされてる」

日付の変わる直前の、繁華街のはずれにあるサパークラブ。洒落た内装の青白い照明の下、ボーイとして働いていた令也《れいや》はカウンター内の同僚たちの囁き声に、自分の耳を疑った。

厨房からホールへ向かおうとしていた足を止め、トレイを手にしたまま慌てて戻る。

「もしかして今、日暮鷹之って言った？」

グラスを洗っていた同僚二人は、驚いた顔をこちらへ向けた。

「え、俺たちそんな大声で話してたか？」

「地獄耳だな、お前」

「俺のことはいいから日暮鷹之がくるのかこないのか、頼むから教えてくれないか」

令也の必死な問いにうろたえて、同僚は人差し指を唇の前に立てる。

「しっ。久々に大物がきたから、俺もつい言っちゃったけど、内緒な。バラしたのをオーナーに知られたら怒られる」

「うん、もちろんわかってる」

二人は声をひそめて話していたし、きっと他の誰の名前でも聞き逃していただろう。

だが、令也にとって日暮鷹之だけは違う。

それは絶対に聞き間違えることのない、特別な名前だったからだ。

令也がその名前を知ったのは、今から十年近く昔、まだ小学生の頃。

母親が再婚し、相手の父親や義理の姉妹と馴染《なじ》めずにいた令也はその夜、一家そろった夕食の席で俯《うつむ》いて料理を口にしていた。

あの日は自分も、別の私立学校へ通う姉妹も運動会だったのだが、両親ともに姉妹の学校のほうへいってしまい、令也はひどく虚しかった。

夕飯の食卓は運動会の話題で盛り上がるが、そこでも令也一人が蚊帳《かや》の外だ。

仲間はずれにされたような疎外感があるものの、母親の立場を思うと文句も本音も言えない。

食べ終えると急いでシンクで食器を洗って片付け、自室へと向かう令也に、一瞬だけ母親が気がかりそうな目を向けてくれた。

しかし誰かが軽口を言って、いっせいにみんなが笑い、自分は誰からも必要とされていないように令也は感じる。

惨めさに半べそをかきながら、しんと静まった部屋が余計に寂しくて、自室に設置された小型テレビのスイッチをつけた。

最初は鼻をすすり、みんな大嫌いだ、などと恨めしく思いながら見るともなく画面を眺めていた令也だったが、いつの間にか身を乗り出してテレビに見入っていた。

やがて先刻までの泣きべそが嘘のように頬《ほお》は紅潮し、ワクワクと胸が躍っていったことを、つい昨日の出来事のようによく覚えている。

そのとき、画面に映し出されていたのが当時十七歳の俳優、日暮鷹之が出演する時代劇だったのだ。

『か……かっこいい……』

うっとりとつぶやいて、鷹之を食い入るように見つめた頭の中からは、ついさっきまでの孤独感も家族への腹立ちも、なにもかもが消え去っていた。

『初めて見た俳優さんだけど、すごかったな……特にあの、刀を避けるとこなんて』

とおっ、たあっ、と鷹之扮する侍、柴崎俊之丞《しばさきしゅんのじょう》の真似をしているうちに眠る時間になったが、ベッドに入っても興奮は冷めやらず、来週の放映時間が待ち遠しくてならなかった。

その気持ちは、待ちわびていた翌週の放送を見た直後も、その翌週も、変わるどころかますます大きくなっていく。

だから令也はどんなに嫌なことがあっても、また明日、がんばって一日を過ごそうと思うことができた。

以来、その時代劇と日暮鷹之は、令也の心の支えとなって今に至る。

鷹之の演じる『俊之丞』は主役ではなく、全国を旅して回る主人を警護する浪人、という脇役だったのだが、その勇姿は令也の心をがっちりつかんで離さなかった。

もともと時代劇が好きというわけでもなかった令也が、そこまで物語にはまってしまったのは、俊之丞という登場人物の生い立ちにあったのかもしれない。

父は家のために政略結婚をし、跡目争いで俊之丞は、義理の母や兄弟に命を狙われることとなるのだが、そこに自分と重なる孤独を見出してすっかり共感してしまった。

しかしなにより、その殺陣《たて》の見事さ、姿かたちの凛とした美しさに令也は魅了された。

ところが地味に長いこと続いていた時代劇は、あるとき主演男優が飲酒運転で逮捕され、直後に打ち切りとなってしまう。

あのときの失望感を思い出すと、令也の胸は今でも痛んだ。

「おい、なにぼんやりしてんだよ」

「えっ？　あっ、ごめん、なんでもない。グラスの回収いってくる」

背後から同僚に声をかけられて、令也はハッと過去から現実へと連れ戻される。

長年憧れていた特別な相手が、まもなくこの店を訪れるという千載一遇のチャンスなのだから、なんとしても実物の鷹之に一目会いたい。

アイドルと違ってサイン会やイベントなどもなく、歌手のようにライブもないから、これまで間近で姿を見る機会は一度もなかった。

どうにかして自分が個室に飲み物を運びたいのだが、入店を知れば他の従業員も同じように考えるだろう。

上手くタイミングを見計らって、オーダーを取りにいけないだろうか。

必死にそう考えていた令也に、天の恵みともいうべき事態が起こった。

「佐田《さた》監督と、郷原《ごうはら》プロデューサーがきた！」

ふらりと店に入ってきた業界の有力人たちに、ボーイもホステスたちも色めきたち、注意がそちらへ集中したからだ。

この店はいわゆる業界人御用達《ごようたし》というサパークラブで、店員には将来のスターを夢見る若者が多い。無名ながらも小劇団に所属している役者や、駆け出しのグラビアアイドルなどもいる。

彼らにとってはスターそのものより、芸能人を使う立場の人間に目を止められるほうが、ずっと重要なのに違いない。

だが、令也は違う。自身が芸能界に入るなど、考えたこともなかった。

「令也、あっちの回収も頼んでいいか」

監督たちの席にいきたがるボーイの焦った口調に、令也はもちろん、とうなずく。

「いいよ。俺はプロデューサーとか全然興味ないし」

「そういえばお前、大日《だいにち》テレビの敏腕ディレクターがきたときも知らんぷりだったもんな」

「ちょっと、早くボトル用意して。あのテーブルにはあたしが持ってくんだから」

先を争う同僚たちを尻目に、令也はホールに赴いてグラスの回収をする。

そもそも最初の就職先が不況で倒産したとはいえ、引っ込み思案で接客業を得意とはしない令也が夜の店で働く決意をしたのは、日暮鷹之に会えるかもしれないという、かすかな希望にすがってのことだった。

一年前、勤務先が不渡りを出して職探しに奔走したものの、高卒の自分を中途採用してくれる会社を探すのは至難のわざで、令也はフリーターになる覚悟を決めていた。

そんなときふと思い出したのが、かつて取引相手を接待中の店で、噂話として耳にした業界人御用達クラブの存在だ。

当時、しっかり所在地と店名を聞き出して記憶していたのは、来店したという数々の著名人に混じって、日暮鷹之の名前があったからに他ならない。もちろん酒の席での噂話だから、確実とはいえない情報だ。

しかしどうせ不本意にフリーターをするのであれば、わずかでも鷹之に会える可能性を夢見て働く職場のほうが、やる気を持てる。

そうして働き始めて一年間。待ち望んでいた夢が、もしかしたら今夜実現するかもしれない。

そわそわしながら出入り口の様子をうかがい、待つこと三十分。

数人の取り巻きに囲まれた長身の姿を大勢の客たちの中にちらりと見つけた瞬間、令也は誰よりも素早く動いていた。

「しっ、失礼致します」

上ずった声で言い、グラスを乗せたトレイを個室へと運ぶ。

豪華な内装の落ち着いた照明の下、ローテーブルをぐるりと囲むように配置された革張りのソファに、五人の男女。

その中央に、令也が長年追い求めていた姿があった。

本当は、穴が開くほどじろじろと思い切り見つめたいのだが、そんなことをしたら失礼なのはもちろん、嬉しさと緊張で頭が破裂してしまいそうだ。

なんとか落ち着かなくては、と令也は視線をカタカタ震えている手元のトレイに落とす。片方の膝を床につき、おぼつかない手つきでローテーブルにアイスペールとピッチャー、グラスを並べ終えた令也は、顔をあげて息を呑んだ。

「……ぁ……」

目の前の男が、すいとサングラスをはずす。

ダークスーツに身を包んだ日暮鷹之と、正面から目が合った。

鷹之の長い指が、優雅にグラスをつかんでこちらへ向けるのを、令也は夢のようだとぼんやり見る。

「おい、水」

「……えっ、あっ！」

水をくれと言われていることに気がついて、ウォーターピッチャーを手にする。しかし手はまだ震えていて、水を零《こぼ》しそうになり、さらに緊張して動きが固くなってしまう。

長年の憧れの人を目の前にして、完全に舞い上がってしまっていた。

「こっちでやりますから」

付き人らしき青年が、苦笑してボトルを手にする。こうした反応には、慣れているのかもしれない。

「す、すみません。あの、大ファンなので、緊張してしまって」

正直に言うと、鷹之が改めてこちらに目を向ける。

鋭い視線を至近距離で受け止めて、令也の頭の中はさらに真っ白になってしまった。

きりりと引き締まった、男らしい顔立ち。鼻梁《びりょう》は高く、彫りが深い。

目つきはきついが、よく見るとその形がとても綺麗なことを、令也は嫌というほどよく知っている。

「ふうん。男のファンは珍しいな。まあ、誰がきてもそう言うマニュアルなんだろうが」

冷笑を浮かべて言われ、令也はびっくりしてしまった。

店の更衣室のロッカーには、常に持ち歩いている俊之丞役の鷹之の写真があるし、自宅の部屋は鷹之のポスターだらけだ。例の時代劇に関しては、ファンというよりすでにマニアの域に達していると自負している。

「いえっ！　本当に……も、ものすごく前からファンなんです。すみません、プライベートでいらしたお客様に、こうしたことを言うのは禁止なんですが、思わず」

「思わず、ね。じゃあ、どのドラマの、どの役がよかったか言ってみろ」

「え……」

そんなのは、時代劇の俊之丞役に決まっている。他のドラマも熱心に観てはきたが、視聴率を三十パーセント取ろうが映画化されようが、俊之丞に勝るものはない。しかし、率直に答えるのはためらわれた。

「なんだ、言えないのか。よくいるんだよ、お前みたいな似非《えせ》ファンが」

うんざりしたように形よい唇を捻《ね》じ曲げて言われ、令也は急いで否定する。

「ち、違います！　あの、嬉しくてなにも考えられなくなってしまっていて」

それだけでなく、即答しなかったことには理由があった。

打ち切りになった大昔の番組名を出すことは、なんとなく悪い気がしたからだ。

番組終了後、しばらくテレビ画面から消えていた鷹之だったが、数年後にまったくイメージを変えて挑んだトレンディドラマの主役で大ブレイクし、今や名実共に人気スターになっている。

そうした経緯を考えて、令也は無難に出世作のタイトルを告げることにした。

「ええと、一番よかったのはやっぱり『もう一度さよなら』の幸一《こういち》役です」

「ふうん。あれのどこがいい」

「どこがって……どのシーンも素晴らしかったです。花束を持ってかけつけるところとか」

時代劇ほどにはのめり込まなかったが、人気もあったし面白いドラマだった。

一応印象に残った場面を言ったのだが、鷹之は肩をすくめて、周囲の付き人らしき青年を見る。

「あのシーンか。お前たちはどう思う？」

「よかったと思いますよ、確かに。瞬間最高視聴率の場面ですし」

青年はにこやかに答えるが、誰でも知っている名場面を言っただけ、と思われたかもしれない。

他の芸能人ならばどう思われてもいいのだが、せっかく念願叶《かな》って会えた憧れの人相手に、ファンと認めてもらえないことは悔しかった。

「的確な批評をできなくて、申し訳ありません。でも、本当に大ファンなんです。何年も長いこと大好きすぎて、だから混乱してしまっていて」

力説しても、鷹之はどこか嘲笑するような目でこちらを見ている。嫌われてしまったらどうしよう、と令也は焦り始めた。

唯一の心の支えにそんなことを思われたら、今後なにを楽しみに生きていけばいいのかわからなくなってしまう。

「いたらないところはお詫《わ》びしますので、気を悪くされたら許してください。……あの。よろしければ、オーダーを」

懸命に謝罪して、業務に専念しようとする令也に、鷹之はニヤリと笑った。

「お前、名前は」

「えっ。あ……夏木《なつき》です。夏木令也」

「この店の従業員は、歌手や役者志望が大勢いるようだが、夏木令也はなにになるつもりでここにいる。歌い手か、俳優か」

「特にそういうのは、ないですけど……」

うろたえつつ答えると鷹之は、口元に薄い笑みを浮かべたまま、冷たい目で令也を見た。

「とりあえず、テレビに出れりゃなんでもいいってやつか。だったら俺に近寄っても、なんの得もないぞ。ごますりはバラエティ番組のプロデューサーにでもするんだな」

やはりファンだと言ったのを、近寄るためのおべっかと受け取っているらしい。

この世で誰よりも重要な存在と感じ憧れている相手に誤解されることだけは、どうしても避けたかった。

「ちっ、違うんです、本当に！　今、きちんと答えられなかったのは、俺は芸能人になるつもりは全然、なくて」

「なんだと？」

「鷹之さん、もうやめておきましょうよ。それよりオーダーを」

右隣の眼鏡の男が険悪になりそうな場をとりもつように言ったが、令也は続ける。

長年、鷹之を中心に自分の世界が回っていることを信じて欲しかった。

「俺がなりたいものがあるとすれば……それは、日暮鷹之さんの付き人です！　一目会えればそれだけでも、って思ってました。だけど一番の希望はそれです！」

「へえ……」

鷹之はにやにやと笑い、周囲のものたちは呆れたような、困ったような表情でなりゆきを見守っている。

「そうか、よし、わかった」

ややあって鷹之は、大きくうなずく。

「じゃあ雇ってやるよ、お前のこと」

「――えっ」

信じられない言葉に、令也は固まる。眼鏡の男が、溜め息まじりに言った。

「鷹之さん、またそんな悪ふざけを」

「一人辞《や》めちまって、空きがある。住み込みで、飯つきだ」

「もう事務所の新人に、声かけてるのがいるんですよ」

「知るかよ、そっちの事情なんて」

なにやら言い合っているが、その声は令也の耳には入ってこない。

日暮鷹之の付き人。それ以上に自分が望む仕事が、この世界にあるだろうか。

いや、絶対にあるわけがない。

「やります！　やらせてください！」

心の底から願って言うが、鷹之は相変わらずどこか冷めた笑いを浮かべている。

しかし令也にとって『俊之丞』の近くで働けるということ以上に大切なことは、この世になにひとつとしてなかった。


「大丈夫なの？　ふたつ返事で引き受けて、店を辞めて引越しまですませちゃって。言っておくけど、そんな楽しい仕事じゃないよ」

鷹之が店にきた日から、半月後。

令也の新しい職場は、鷹之の自宅へと移っていた。案内してくれているのは、店で鷹之の隣に座っていた眼鏡の男で、沢村《さわむら》というマネージャーだ。

「うちの場合、マネージャーは事務所の正社員だし、付き人は新人の所属タレントを使う形になってる。きみの場合は役者志望じゃないけど、とりあえず研修期間てことで様子を見たい。当面は雑用係の付き人ってことでいいかな」

「まったく問題ないです。こちらで働けるなんて、嬉しくて夢みたいです」

長い廊下を歩きながら周囲をきょろきょろと見回しながら、令也はずっと胸を弾《はず》ませている。

この同じ廊下を鷹之が歩く、今見ているものを鷹之も毎日見ている、そう思うだけでわくわくしてきてしまう。頭はのぼせたようにぼうっとしているし、顔も熱い。それだけこの事態は令也にとって、信じられないような素晴らしいなりゆきだ。

リビングは広く、大きな窓から広い庭が見える。その奥はバーカウンターのようになっていて、まるで本当に営業している店のような造りだった。

ここで鷹之がグラスを傾けたり、ホームシアターを楽しんだりするのだろうか。

でもむしろ、グラスよりは猪口《ちょこ》で日本酒を呑んで欲しい。令也にとって、あくまでも鷹之は俊之丞の分身だった。

まずは事務室のような部屋に通され、簡単に仕事の説明をされる。

基本は雑用係なのだが、その説明の間中、令也は室内に飾ってある鷹之のトロフィーや、記念の品々が気になって仕方なかった。

次にマネージャーは、最初の仕事として、地下の部屋へと令也を連れていったのだが。

「うわあ……！」

十畳ばかりの倉庫のような地下室で、令也は目を丸くし、思わず歓喜の声を上げた。

そこには壁にびっしりとビデオとＤＶＤ、ＢＤが並んでおり、隅には関連書籍や雑誌類が積み上げられている。

さらに、数体置いてあるトルソーがまとっていたのは、俊之丞が実際身につけていた衣装だった。

埃よけの覆いがされているものの、裾から見える生地だけで令也には確認できる。

　嬉しさでどうにかなってしまいそうだったが、マネージャーは気の毒そうな顔をした。

「知らないと思うけど、昔鷹之さんはこんな仕事もしてたんだ。年寄りと子供向けの番組で、今となってはちょっと恥ずかしい過去、って感じなんだけどね」

「いえ、そんなこと」

　令也は胸がいっぱいで、それだけ言うのがやっとだ。

　ふらふらとトルソーへ近寄り俊之丞の実物衣装の前で、うっとりと佇《たたず》む。

　けれどマネージャーは、なにか勘違いしたらしい。

「幻滅するのも無理はないけど。まあこれが、うちの付き人になった研修期間とでも思って、がんばって」

「え……これが研修ですか？」

「うん。鷹之さんの担当になったら、まずこの倉庫の片付けがメインの仕事なんだ。だいたい十日ぐらいで勘弁してくださいって音《ね》を上げるのがいつものパターン。地味でめんどうな作業を、あえて鷹之さんはやらせるからね」

　どういう意味なのかよくわからなかったが、令也にとってここは大好きなものがぎっしり詰まった、宝箱でしかない。

「なんでもやります。俺はここで働くことに、まったく抵抗はないです」

「そお？　三ヵ月程度、なんとかがんばって。なにも問題がないようだったら上に話して、正社員としてマネジメント業務に携わってもらうことも考えるから」

ハサミとファイルを手渡され、はい！　と明るく返事をする。マネージャーが退室すると、令也はガッツポーズをとった。

「やった、すごい！」

それからもう一度衣装に駆け寄り、埃よけの布をまくってしげしげと眺め、そっと触れてみる。顔にはずっと満面の笑みが浮かんでいて、ほっぺたが痛くなりそうだった。

この衣装の側で仕事ができるなんて、本当に現実のできごとなのだろうか。

「ああっ、このテレビ誌、覚えてる！　辛辣《しんらつ》な批評してたけど、俊之丞の配役だけは褒めてたんだよな……うわ、このCMの立ち姿、見てないポーズだ」

義理の父親と義理の姉妹、彼らに必死に気を遣っている母親との重苦しい家の中で、俊之丞の姿がどれだけ自分を慰めてくれただろう。

そのヒーローが直接身に着けていたものに囲まれて、仕事ができる。

嬉しくてどうにもならず、その晩令也は与えてもらった自室に戻ることも忘れて、そのまま徹夜をしてしまったのだった。


「今日から一緒に働いてもらう、ええと、令也くんだっけ。この二人が先輩ってことになるから」

翌朝、令也はキッチンのダイニングテーブルで朝食中の、先輩二人に紹介された。

徹夜をした令也だったが気持ちが昂《たかぶ》っているせいか、まったく眠くならない。

マネージャーは、まずはテーブルの右側にいる青年を指し示した。

「彼は長谷川《はせがわ》くん。俺と同様、マネジメントの仕事をしてる。左側は高井《たかい》くんで同じ事務所の新人俳優。雑用をしながら、芝居の勉強中だ」

「よろしくお願いします！」

令也はぺこりと頭を下げる。

「食べながら、仕事教えといてくれよ」

そう指示してマネージャーが立ち去ると、それぞれ簡単に挨拶を交わした。

「ええと、とりあえず令也くんのメインの仕事は運転手と洗車、それに荷物持ち。衣装ケースとかメイク道具とかね。それに使い走り。しばらくはあっちが大変だろうけど、落ち着いたら庭や室内の掃除も頼む」

長谷川という青年が、淡々と説明する。

「あっち、って地下室のことですか？」

「そう。あの試練に耐えられた人間だけ、鷹之さんの側に置いてもらえる感じだな」

もう一人の付き人である高井が、ピクルスをつまんでうんうんと深くうなずいた。

「毎日毎日、地下にこもって面白くもない古いビデオ観せられてさ。あとちょっと続いてたら、どうにかなりそうだったよ」

「切り抜きも、スキャナーで取り込めば早いのにな。だいたいあんな古い時代劇の記事、使い道がなさそうなのに」

二人の会話に令也は密《ひそ》かにムッとする。面白くもないとはどういう意味なのか。俊之丞の魅力がわからないものが鷹之の付き人をしているなど、冗談ではない。

内心では憤慨したものの、初日から先輩たちに喧嘩を売るわけにはいかない、というくらいの分別は持っていた。

長谷川が、皿の上で手についたパンの粉を払いながら言う。

「まあ鷹之さんの性格的には、本当は必要最低限、一人マネージャーがいればいいって思ってそうだしな」

「え？　それじゃあどうして付き人を何人も雇うんですか」

「うちの事務所が箔付けで、看板俳優なんだからって荷物持ちをくっつける方針らしい。あの人は本来なんていうか……壁を作って一人でいたがってるみたいなとこあるよな」

「そうそう。鷹之さんはかなり気難しい人だから、機嫌を損ねないようにしてくれ。きみも俺と同じで住み込みだろ」

「あ、はい。廊下の右側の部屋です」

「部屋の中以外は、仕事中と思ってくれ。腰は低く礼儀正しく、余計なことは言わないように。ファンだったそうだけど、間違ってもはしゃいだりするなよ」

先日店で会ったときにある程度は予測がついたが、そんなに怖い人なのだろうか、と令也は心配になってくる。

　顔にその気持ちが出ていたらしく、二人は苦笑した。

「とにかくテレビとは違うって肝《きも》に銘じとけ。まあ役者志望なら、おとなしくくっついてればコネもできるし、気が向けば紹介の口もきいてくれる」

「そういう腹が見えてて、わざと時代劇の資料整理なんて嫌がらせするのかもな」

　なぜ嫌がらせなのか、あんな名作の資料に触れられるだけで素晴らしいではないか、そもそも自分は役者になどなる気はない、と喉まででかかったものを令也はぐっと飲み込む。

　マネージャーにしろこの二人にしろ、鷹之の時代劇を評価していないらしい。

　だから地味だの、面白くもないだのという言い方をするのだろう。

　そして令也は、もし鷹之までがそんなふうに考えていたらとても悲しい、と思ったのだった。


　その日、鷹之の仕事はドラマの収録だった。

　ロケバスで郊外の住宅街へいき、到着したのは昼だったが、実際にロケが始まったのは三時間後だった。

　長谷川によれば、この程度の待ち時間は普通のことだという。

　季節は実際には、ようやく冬が終わりかけという時期で、風のとても冷たい日だった。だが初夏のシーンを撮るということで、薄着の鷹之はずっと暖房の効いた車の中にいた。

狭い同じ空間の中に、鷹之がいる。もうそれだけで令也は嬉しくてならず、このまま時間が止まって欲しいと思う。

時折、隣のマネージャーと話をする鷹之の横顔を、令也は後部座席からじっと見つめていた。

年齢は当時よりだいぶ上だけれど、やっぱり俊之丞の顔そのままだ。

あの顔が現実にそこにあり、あの声がナマで聞こえてくる。ただこうして見ているだけで頭の中に色とりどりの花が咲き乱れ、祭囃子《まつりばやし》が聞こえてきそうなほどに、令也は気持ちが高揚するのを抑えきれない。

「令也。のど飴」

ふいに深みのある、低くて甘い声が自分の名前を呼んで、令也は飛び上がりそうになる。

「はいっ。生姜《しょうが》と金柑《きんかん》とミント、どれになさいますか？」

ひっくり返った声で返事をし、トートバッグから三種類の飴を取り出すと、振り向いた鷹之は、ミントのキャンディを指差した。

王様に対するようにうやうやしく差し出した令也に、からかうような声がかけられる。

「まるで下僕《げぼく》だな。どうだ、地下室の仕事は」

「はいっ。もう楽しくて楽しくて、生きがいと充実感を満喫《まんきつ》して、働かせていただいてます！」

なにひとつ嘘偽りのない言葉だったのだが、なぜか鷹之は鼻で笑う。

「ほう。そりゃよかった。じゃあ、もっと楽しい仕事をさせてやろうか？」

「えっ、今でも充分ですけど」

「遠慮するな。……ちょっと、今回の役の参考にしたいシーンがあるんだ。それを探してくれ」

「はいっ。どんなシーンですか？」

「峠の茶店で、茶を零すシーンだ。茶店の娘役が落とした茶碗を拾い、俺の手と娘の手が触れる。初々しさってのを、近頃忘れているからな」

マネージャーが、やれやれという顔をして口を挟んだ。

「せめて前のほうか後かくらい、ヒントを出してあげたらどうでしょう。全部で五十話以上ですよ」

「さあな、忘れちまった。明日までに、頼む」

「はいっ。わかりました！」

胸を張って令也は返事をし、意気揚々と自分の座席に戻った。

「あーあー言っただろ、はしゃぐから無理難題をふっかけられるんだよ」

「力になりたいけど、悪いな。手伝ったら、今夜貫徹になっちまう」

ひそひそ声で長谷川と高井が言うが、令也にとってはなんの問題もない。

実は鷹之から聞いた瞬間に、十三話の後半十分くらいのシーンだ、とわかってしまったからだ。

けれどそれを鷹之には言わない。今夜も仕事として堂々と、どっぷりと俊之丞の世界に浸《ひた》ることができるからだ。

夜になるまではこうして、鷹之の生の姿を観ていられる。改めて自分の幸福な状況を、令也は実感していたのだった。

「やっぱり第一部のほうが、第三部の衣装よりいいんだよな……三部も悪くないけど少し華やかすぎるというか、一部の渋さと粋《いき》がよかったんだよなぁ」

その日の深夜。ビデオを鑑賞しつつ、令也は雑誌の切り抜きを楽しんでいた。

確かに鷹之は気難しい性格らしく、気さくに付き人と親しくしてくれる様子はない。居丈高《いたけだか》で目つきも冷たく、たまに話しかけられても命令口調だ。

――――でも、友達じゃないんだから当然だ。俺と話すのだって仕事なんだし。

『俊之丞』だって忠義のためには情を挟まず仕事に厳しいんだから、と令也は考える。

「それにこんな楽しい仕事、世界中のどこにもないし……」

満足の溜め息をついて、令也はいったん手を止めた。さすがに昨晩も徹夜しているせいで、少し頭がぼうっとしてきている。

今夜はこれで自室に戻ろう。そう思い、片付けをして地下室を出る。

廊下は足元に常夜灯がついているだけで薄暗いが、鷹之と同じ建物の中にいると考えると、怖さなどまるで感じない。

一階の広いリビングを横切って自室に向かおうとした令也は、隅に人の気配を感じてカウンターへ目をやった。

薄暗い間接照明の下で立ち止まり、令也は動けなくなってしまう。

こちらへ背を向けているとはいえカウンターの椅子に座っているのが、鷹之だと気がついたからだ。

「……なんだ、お前」

気がついた鷹之が、ゆっくりと首を巡らせる。

酔っているせいか目尻は少し赤く、不機嫌そうに眉が寄せられていた。

ドキドキしつつも怒られたくはないので、急いで自室に戻ろうと頭を下げる。

「すっ、すみません、お邪魔してしまって！　……失礼します」

だが鷹之は、クラブで出会ったときと同じ冷笑を浮かべて言う。

「ちょっとこい。飲むのに付き合え」

「え……」

「手酌《てじゃく》だとペースが速くなる。酌をしろ」

もちろん、令也に否やはない。急いで隣に腰かけると空になりかけのグラスに、震える手で氷と洋酒を注いだ。

酔いの回った目で、その様子を鷹之はじっと見つめている。

「こんな時間まで時代劇の鑑賞会か。例のシーンは見つけたか？」

「はい、もちろんです」

「やめたきゃ、いつでも言えよ。遠慮はいらないからな」

わかってます、とうなずきつつ、絶対にやめたくなったりするものかと令也は思う。

今の環境は、好きなことをやりたいだけやれ、と命じられているようなものだからだ。

「一人で飲むのもつまらん。お前も飲め」

手前に並べてあったグラスを取り、鷹之は令也に差し出す。まったく飲めないわけではないが、令也はかなり酒に弱い。

「あの。俺、酒はあまり強くないんです」

正直に言ったが、鷹之は聞こえていないかのように、グラスに氷を入れた。

「俺が付き合えと言ったら、付き合え。お前、俺のファンなんだろ」

「もちろんそうですが。で、でも、アルコールの強い弱いはそれとは関係ないですし」

「いちいち口ごたえをするな。どいつもこいつも、おためごかしばかり言いやがって」

投げやりな口調に、令也は眉をひそめた。なにか面白くないことでもあったのかもしれない。自分が少しでもウサ晴らしに役立つのなら、望むところだ。

「わかりました、いただきます。……ですが、俺がファンなのは本当ですし、おためごかしなんかじゃないです」

「だったらお前、今日のロケ、どう思った」

「どうって、あの、すごく素敵なシーンだったと思います。一発ＯＫだったじゃないですか」

鷹之は、ふん、と鼻を鳴らしてグラスを呷《あお》った。

「あれを俺が演じる必要があるか？　ちょっと顔がよけりゃ、誰でもいいだろうが」

「そんなことはありません！　鷹之さんには、鷹之さんにしか作れない空気があります」

「当然だ。だが、監督に言わせればさっきの俺の表現は硬すぎるんだそうだ。見た目がちゃらちゃらした役柄の、内面が保守的だから面白いんじゃねぇか」

「確かに、そうです。でももとの演出のままでも、充分に鷹之さんならではの個性は出たんじゃないかと、俺は思います」

必死に言うと、鷹之はじろりと令也を横目で見た。

「素人が、生意気なことを」

「す、すみません。だけど、正直な気持ちです。あの台詞回しだって、鷹之さんだからこそだと思ったし」

令也にとっては、俊之丞が絶対の頂点ではあるが、それ以外の鷹之の演技だってもちろん好きだ。恋愛ものもドラマ本編だけでなく、番宣までしっかりチェックしているくらいだった。

だから本人が出演作を否定し、なおかつ荒れて酒を飲むなどという状況は、とても辛い。

鷹之のすぐ隣で酒を飲むという本来なら夢のような出来事でさえ、そのためあまり歓迎できずにいた。

「……令也。お前そんなに、俺のファンなのか」

胡乱《うろん》そうな目を向ける鷹之は、まだ信用していないらしい。

「正直に言ってみろ。本当はファンでもなんでもなく、コネが目的なんだろう。二十歳の男が、女性タレントに対してならともかく、三十路近い俳優の熱烈ファンなんておかしいだろうが」

「い、いいえ。本当にファンなんです！」

ふいに鷹之の手が目の前に伸びてきて、令也は息を呑む。

「なっ、なんですか」

「バランスのいい中性的なツラだ。これなら芸能人になりたいと思ってもおかしくない」

「はいっ？　俺の顔がですか？」

なにを言い出すのかと、令也は目を白黒させる。とにかく鷹之が、ひどく悪酔いしているのだということだけははっきりわかった。酔って赤くなった目が、じっと令也を見つめてなおも絡《から》んでくる。

「下心があるなら本音を言え。俺はゴマをすられるのが一番嫌いなんだ」

そんなつもりはない、と口を開きかけた令也の肩にいきなり手が回されて、ぐいと鷹之のほうへ近づけられた。

「本当か嘘か試してやる」

持っていたグラスが揺れて令也が慌てると、さらにその手は後頭部へと回される。

「わっ、えっ？」

鷹之の顔が目の前にアップになり、ぶつかる、と思った瞬間。唇に濡れたものを感じた。

「ん……んっ！」

――もしかして自分は今、日暮鷹之と……キスをしてる。でも、なんで。どうして男同士でキスなんだ。しかも俺のファーストキス！

うろたえる令也の膝の上に、倒れたグラスの中身が零れる。

鷹之の腕は力が強く、カウンターの椅子は高くバランスが取れなくて、令也はろくに動けない。

鷹之の舌は、からかうように令也の下顎《したあご》を幾度もくすぐり、離れたと思ってもついばむように、何度も唇を弄《いじ》る。

令也はなにも考えられず、されるがままにじっとしていた。

「……はは！　なんだお前、その顔！」

ようやく身体を離した鷹之は、呆れたように笑う。

令也は目を丸く見開き、唇もぽかんと開けたまま、酒で服を濡らして呆然自失の状態だった。それがおかしいと、鷹之はなかなか笑いを収めない。

「こ、こんなことされたら……誰だって、どうしていいかわからなくなります」

ようやく我に返った令也は、恥ずかしさに俯いた。唇がまだ濡れていて、思わず拭《ぬぐ》おうとした手を鷹之につかまれる。

「なんだよ、本当に俺のファンだったら、ちょっとは嬉しそうな顔をしろ」

「そんな。俺は、鷹之さんの演技が好きだから、こんなことは……っ、ん、ん……っ！」

もう一度鷹之の唇で唇を塞《ふさ》がれて、令也はぎゅっと目を瞑《つむ》る。

きっとすごく酔っているのだから、気が済むようにさせるしかない。こんな程度のことをされても、減るものではないのだし。

そう考えて我慢しようとするが、令也には女性経験がなかった。他人に自分の舌を吸われる、という感覚に、頭の奥がじんと痺《しび》れてくる。

「ん、ふ……んぅ」

執拗なくちづけに、令也はすがるように鷹之の二の腕をつかんだ。

「はぁっ……」

やがてゆっくりと離れていく鷹之の唇が、細く唾液の糸を引くのを見て、ぼっと火がついたように身体が熱くなるのを感じる。

「お前、童貞か。大人のキスに慣れてないんだろう」

おかしくてたまらない、というように、鷹之は上体を折って笑った。

恥ずかしさと、大ファンである相手にキスをされたという混乱で、令也はどう答えていいのかわからない。

いくらファンであっても鷹之は男性であり、自分にはそちらの気はまったくないはずだ。しかし、刺激は刺激として身体は受け取ってしまったらしい。

「令也、お前」

さらに鷹之の瞳には、悪戯を仕掛けるような、たちの悪い光が浮かんだ。

「感じたんだろ。見せてみろ」

する、と鷹之の手が下腹部に伸ばされて、令也は慌てる。

「そんなわけないです！　だっ、駄目です、やめてくださいって、こんな」

鷹之の両肩に手を突っ張ったが、強引な手は止まらない。簡単にベルトをはずされ、下着の中に指が潜《もぐ》りこんでくる。

「わあっ、ちょっ、やめてください鷹之さん！」

喚《わめ》いてはみたものの、ろくに抵抗すらできなかった。なにしろ相手は、ただ近くにいるだけで、心臓がひっくり返りそうな存在だ。

その人が自分にキスをして身体に触れてくる事態をどう考えればいいのか、のぼせた頭は判断できなくなっていた。

「ほら、やっぱり感じてるじゃないか。俺の手で、こんなになって」

「……う、あ……っ」

鷹之は下着の中で、ゆるゆると指を滑らせてくる。

令也は短く息をつきながら、眉を寄せて身悶えることしかできない。

「や……、やぁ」

恥ずかしくてたまらないのに、自身が段々と張り詰めていくのがわかった。どんなにいけない、駄目だと思ってみても、下腹部には熱が溜まっていく。

「まさか男の手でいかされて、出しちまうなんてことはないよな」

鷹之の声の調子は、完全に面白がっていた。なんてことを、と腹を立てかけた令也だったが、薄く瞼《まぶた》を開くと涙でぼやけた目と、鷹之の目が合う。

『俊之丞』と同じ目だ、と思った瞬間、怒りよりも快感が、ぐうっと下腹から込み上げてきた。

「も、もうっ、やめ、て」

「どうして。なにも感じてないなら、やめなくていいだろ。それともお前、こっちの気があるのか」

「ないです、そんなの！」

しかしこのままでは、本当に鷹之の手の中に出してしまう。

令也は歯を食いしばったが、くちゅ、という濡れた音にハッとした。

「こんなに濡らして、いやらしいやつだな」

「あ、あ、や」

先端を優しく指の腹で撫でられて、ぶわっと全身に甘い痺れが走る。

鷹之の指はぬるぬると、わざとのようにゆっくり、令也の先端を弄った。

鷹之の腕をつかんでいた令也の指が、ぶるぶると震え始める。

「は……っ、う、あ」

顎をあげて喘《あえ》ぐと、鷹之はもう一度、いやらしいなと言って低く笑った。

「なかなかいい顔をするな。それに、声もいい。……そら、ご褒美だ」

「ああっ！」

ぎゅ、と先端の窪みをきつく刺激されて、びくっと大きく令也の腰が跳ねる。

一度、二度、身体を震わせ、令也は本当に鷹之の手の中に、放ってしまっていた。

「どうだ、楽しかっただろ」

鷹之はカウンターに置いてあるペーパータオルで手を拭きながら、面白そうに言う。

「ひ、ひどいです。こんな……」

憧れの人の目の前で、しかもその人の手によって醜態を晒《さら》してしまった衝撃で、令也は愕然《がくぜん》として
いた。

からかわれたことは腹立たしいが、感じてしまった自分がなによりも憎らしい。

どうして我慢できなかったのだろう、と自己嫌悪に唇を噛むが、鷹之は涼しい顔をしていた。

「面白い暇潰しだった。そのうちまた、付き合えよ」

言うと自分のグラスに、酒を注ぐ。

やはり自分の仕事に鬱憤《うっぷん》がたまっていて、ストレス解消の捌《は》け口にされてしまったのかもしれない。

面白がってはいるようだがその言動も表情も、本気で楽しいというより荒《すさ》んでいるように令也には感じられた。

これだけの才能とルックスに恵まれていても、とても端《はた》からはわからない悩みを抱え、苦しんでいるのではないか。そう思うと辱《はずかし》められた怒りより、心配する気持ちが強くなってくる。

しかしまだ近くで働き始めて日の浅い令也には、どうしていいのかわからなかった。


令也に与えられた部屋は六畳一間で、窓が大きく庭が綺麗に見渡せる。

ふかふかのベッドも用意されていたし、クローゼットには荷物をすべて入れても、まだ収納できるスペースが残っていた。

荷物といっても令也が持ってきたものは、衣類などはとても少なく、大部分が日暮鷹之関連のコレクションだ。

ベッドの上に令也は小さく丸まって、大きく溜め息をつく。

――なんだったんだろう、あれは。なんで俺に、キ、キスなんて。もしかして鷹之さんて、ゲイだったとか。別にそれでも格好いいものはいいけど。いや、そういうことじゃなくて。

憧れの人にセクハラをされた衝撃に、頭の中はまだ混乱していた。

もしもこれが職場の上司にされたことなら、すぐにでも逃げ出してしまうだろう。だが、なにしろ相手は長年熱狂的に応援してきた、特別な人だった。

その他の誰であっても許せないが、今こうして考えてもやはり鷹之を嫌いにはなれない自分がいる。

新しい家族、再婚にともなう引越しで転校した学校、どちらにも馴染めずになにもかも嫌になっていたあの頃。

一人ぼっちの誕生日。自分だけ置いていかれた家族旅行。寂しくてたまらず、泣きたくなるような長い夜。

そんなときいつも、『俊之丞』が令也に元気を与えてくれていた。

あまりに俊之丞に熱中しすぎて、余計に友人ができづらいという弊害はあったが、自暴自棄になることもなく、くじけずに高校を卒業して社会に出ることができたのも、すべては俊之丞、ひいては鷹之のおかげだと少しも大げさでなく令也はそう思っている。

だから鷹之への憧れは、簡単には揺らいだりしなかった。

なにか荒んでいたように見えたし、令也などにはうかがい知れない深い事情で悩んでいたのかもしれない。

そこにひょっこり令也が顔を出したから、ウサ晴らしをしたくなったのではないだろうか。

「うん、それだ！」

ぽん、と令也は両手を叩く。それにきっと単なるファンに対してであれば、絶対にしなかった行為だろう。身内と認めてくれたからこそ、八つ当たりの対象にもなりえたに違いない。

懸命にポジティブに考えて、令也はなんとか立ち直ろうと努めたのだった。


一ヵ月ばかり経つと少しずつ付き人の仕事に慣れてきていたが、鷹之の態度は相変わらず高飛車でどこか人を見下したものだった。

この前のように、時代劇の特定の場面を探してくれ、という注文も時折ある。そのたびに長谷川たちは同情するような視線を寄こしてくるが、もちろん令也にとっては雑作もなかった。

意図はよくわからないが、指定するほど細かな部分まで記憶しているということは、鷹之はあの時代劇を嫌いなわけではないのだろうか。そうならいいな、と令也は考える。

あの後も一度だけ、カウンターで一人飲んでいる鷹之を見かけたことがあった。

向こうが気がつかないうちにと、そっとUターンして地下室に戻ったのだが、なんだかひどく鷹之の背中が辛そうに思える。

令也は床の上でしばらく膝を抱え、からかわれることで鷹之の気晴らしになるのなら、役に立つべきだろうかと考えた。

だがまた体に触れられるかもしれない、と想像するだけで動悸が激しくなってきてしまい、散々迷ってリビングに戻るとすでに鷹之はそこにおらず、荒れた姿を見なくて済んでホッとしてしまった。

仕事そのものは宝物に囲まれ充実した日々を送っているのだが、鷹之の苛立ちが伝わってくるようでどうにも気にかかる。

それを考え始めるとよく眠れず、この日令也は、早朝のうちにベッドから起き出した。

洗顔を済ませ、仕事の時間まで地下室のライブラリーにでもいこうかと思ったのだが、ふと窓の外を見ると綺麗な青空が広がっている。

令也はそれにひかれるように、庭へと続くガラス戸を開いた。備え付けのサンダルを履き、朝露に濡れた芝生を踏む。

「……気持ちいい……」

春の空気には緑の匂いが濃く漂い、令也は思わず伸びをした。

爽やかな風の心地よさに、これからは時々早起きして、庭の散歩をしようと思う。

手入れの行き届いた広い庭にはいくつかの花壇があり、常緑樹が植えられていて、ベンチも設《しつら》えてある。

目的もなくのんびりと散歩を楽しんでいた令也だったが、奥の茂みの影になっているベンチの近くまできて、ぎくりとした。

思いがけず、そこに人の姿があったからだ。

「……たっ、鷹之さん」

目を丸くして言うとぼんやりとしていた鷹之は、胡乱そうな目をこちらへ向けた。

「なにをやっているんだ、こんな時間に」

「鷹之さんこそ……どうされたんですか」

いつも身だしなみに隙のない鷹之だが、どうやら今は寝起きのままらしい。

髪には寝癖がつき、パジャマの前ははだけている。なによりいつもは鋭い目が、どこか眠そうに瞬いていた。

鷹之は令也の問いには答えず、乱れた髪をかき上げる。

「……お前には、見られたくないところばかり見られるな……」

「あの、なにか羽織るものを持ってきましょうか。風邪を引いたら大変だし」

いくら春先とはいえ、早朝のベンチにじっと座っていたら肌寒いと思って言ったのだが、鷹之は首を振った。

「いや、いい。それより、お前はなにをしていたか答えろ」

「俺は……」

言いかけると鷹之は、隣に座れというように顎を動かす。

鷹之と二人きりになるのは、あのカウンターでの一件以来だ。嬉しいとか嫌だとか、そういう感情以前に、なんでここまでと自分でも不思議なほど、令也の心臓はバクバクと大きく高鳴りだしていた。

懸命に内心の動揺を押し隠して軽く会釈《えしゃく》し、鷹之の言葉に従う。

「なんだかよく眠れなかったので、その、散歩でもしようかなって。そ、それだけです」

答えると眠そうな目が、ゆっくりと令也を見る。

「そろそろ一ヵ月だったな。まだやめたくならないのか」

聞かれて令也は、溜め息をついた。

「どうして鷹之さんは、俺がやめたがっているとばかり思うんですか。本当に俺は、この仕事が楽しくてたまらないんです」

「テレビと態度のまったく違う芸能人に振り回されて、古臭い時代劇ばかり見せられて、それのどこが楽しい」

「古臭いなんて、言わないでください」

そんなふうにけなされるのは心外だった。たとえそう言うのが、出演していた本人であったとしても。

「あのドラマは、今観ても斬新です。破天荒な設定でしたけど、実はものすごく時代考証がしっかりしてましたし、それに細かい作法まで再現されてたし」

ずっと抑えていたものにきっかけを与えられ、令也の話は止まらなくなってしまった。

どれだけ感動し、魅了されたか、なんとしてでもわかって欲しい。

すると最初はいつもの冷めた目をしていた鷹之の表情が、段々と変わったものになっていった。

やがて背もたれに預けていた上体を起こし、姿勢を正して身体ごとこちらへ向けられる。

「お前、本当にあれが好きだったのか」

真剣な顔に、令也はきっぱりとうなずいた。

「はい。いろいろあって打ち切りになってしまったんで、触れないほうがいいかなって話さなかったんですけど」

「じゃあ、どの場面が気に入っているか言ってみろ。俺の殺陣をどう思った」

「ええと、六話と甲乙つけがたいですけど、殺陣が最高なのは二十話でした。初めて本気を出して、流派で正体がバレちゃうとこなんて鳥肌が立っちゃって」

令也の言葉を聞くうちに、鷹之は身を乗り出してくる。

「そうだろう。あれは一応、その場の指導だけじゃなく、両方の流派を習いに剣術道場に通ったんだからな」

「そのインタビュー読んで、俺、道場を見にいったんですよ。外から眺めただけですけど」

「俺はそんなことをインタビューでしゃべっていたか？　なんの雑誌だ」

「雑誌じゃなくて、抽選でもらえるカレンダーの裏の、キャストの一問一答インタビューで見たんです」

堰《せき》を切ったように、令也は話した。憧れの当人と『俊之丞』の話ができるなんて、と令也はまさに夢心地だ。

「じゃあお前、俺が出した問題はすぐにわかっていたんじゃないのか」

「峠の茶屋のシーンが何話だったか、とかですか？　……すみません。実は聞いた瞬間に」

「瞬間？　そこまで言うか。じゃあ、腕を切られたのは」

「二十二話の前半五分くらいですね。一番ハラハラしたシーンです」

「落馬した回のサブタイトルは」

「荒城の銀竹、第八話です」

「……二部で一話のみ出てきた、俊之丞が偶然手にした刀は」

「備前刀《びぜんとう》、竹俣兼光《たけのまたかねみつ》」

　間髪をいれずに答えると、鷹之は宇宙人でも見るような目を令也に向ける。

「なんなんだ、お前は」

「な、なにって、だからファンなんです。鷹之さんだって質問の正解がわかるってことは、それだけ詳しく記憶してるってことじゃないですか」

「そりゃあ、俺もあの番組は思い入れがあるからな」

　鷹之は口をへの字にしたが、それはどこか照れ隠しのように令也には思えた。

「まさか、そこまであの番組に入れ込んでいる視聴者がいるとは思わなかった」

「他のドラマだって、大体のことはわかりますよ。ロケ地とかも全部チェックしてますから」

　令也の言葉に鷹之は考え込んだ様子になり、うーんとうなるような声を出す。

「……そうか、お前はあれか。いわゆるオタクという生き物なのか」

「おっ、オタクじゃないですよ」

「それとは違うのか。秋葉原にいったりはしないのか？」

鷹之は別にバカにしているわけではなく、漠然としたイメージしかないらしい。心底不思議そうな顔をして令也を眺めている。

「いったことないですよ。でもその、秋葉原に『俊之丞』関係のものが売ってればいくかもしれないですが」

「やっぱりオタクじゃないか」

「違います、そっ、そりゃあ『俊之丞』カフェとかフィギュアがあったら嬉しいですけど……せめてマニアって言ってください」

言い訳をしてみたものの、本当はそんなことはどうでもよかった。

重要なのは、令也が本気で鷹之の大ファンだと信じてもらえた、ということだ。

「……でもよかった。鷹之さんも、俊之丞役が大好きだったんですね。もしかして嫌だったのかも、なんて思ったこともあったから」

「どうしてだ。俺はガキの頃からこの世界にいるが、心から芝居をやりたいと思ったのはあの役のおかげだ」

「だけど。人気が出たのは、幸一役じゃないですか」

遠慮がちな声で令也が言うと、鷹之は高い鼻梁に皺を寄せる。

「まあな。もちろん真面目に取り組んだし、嫌いなわけじゃない。だが正直、俺は愛や恋より、殺陣がやりたい。それなのにくる仕事くる仕事、ラブストーリーの色男役だ」

ようするに鷹之は時代劇がやりたいがニーズが少なく、事務所もやらせたがらないということらしい。

「だからですか？」

「ああ？　なにがだ」

ずっと密かに心配していたため、思い切って令也は聞いてみることにする。

「その。なっ、なんだかずっとイライラしているように思えて。怒られるかもしれませんけど、お仕事もたくさんあってこんな大きな家に住んでいて、それでもあまり幸せそうじゃないっていうか」

ふざけるな、と棘《とげ》のある声が返ってくるのではないかと首を竦めた令也だったが、意外にも鷹之は穏やかな表情のままだった。

「言われてみれば確かにそうだな。だが単に時代劇をやりたいってだけじゃなく……おそらく……」

言いながら鷹之は、木の枝にとまった小鳥をぼんやり眺める。

「欠けてるからだろうな」

「欠けてる？」

「俺には人間として欠落している部分があると自覚している。それが埋まるまでは、なにをしても満足しないのかもしれない」

傲慢な鷹之の唇から漏れた自虐的な言葉に、令也はびっくりしてしまう。

そんなことはない、と励ましたくて唇を開きかけたものの、なにもわかっていない自分が言っても薄っぺらく聞こえるだけだと感じて声を飲み込んだ。

鷹之はしばらく小鳥の姿を目で追っていたが、令也の顔を見て眉を寄せる。

「なんて顔してるんだ」

「えっ、俺、どんな顔してますか？」

「まるで可哀想な人間を見る顔つきをしてるぞ。失敬なやつだな」

鷹之は言うが、その声は怒ってはいない。

「す、すみません」

「そんなにへこへこするな。それよりまだ本決まりじゃないが、もしかしたら時代劇の仕事がくるかもしれない。お前も好きなら楽しみにしていろ」

「本当ですか！」

「まだ話だけだから、なくなる可能性も大きいがな」

そう言いながらも手首の返し、足の運びなどを力説し始めた鷹之には、いつものなげやりな、冷めた様子はどこにもなかった。

話が盛り上がるたびに、寝癖のついた髪が朝日を背景にぴょこぴょこと跳ねる。

熱心に語る姿は少年のようで、なんだか可愛い、と思ってしまった。

鷹之から直に時代劇の話が聞ける。しかも今はちっとも不機嫌ではなく、令也と同じくらい夢中で。メイクも衣装も照明の演出もなく、自然の光の中ですら、ドキドキするほどに鷹之は格好いい。令也の胸は嬉しさではち切れそうになっていた。

そして、こんな格好いい人とキスをしたんだと思い出した瞬間、ぼっと顔に火がついたほどの熱さを感じる。

そんな令也の様子に気づいたのか、鷹之はかすかに苦笑した。

「……似非ファンだろうと疑って悪いことをしたな。単なるゴマすりだと思っていた」

「や、やっぱり。そんな気はしてましたけど、誤解してたんですね」

嫌がらせをされたのも、きっと口だけのおべっかと思われていたからだろう。

鷹之は、溜め息混じりに肯定した。

「仕方ないだろう。実際、好きだのファンだの、挨拶代わりに言われるからな。いちいち真に受けていられるか」

「なんでですか。魅力的な役者さんなんだから、熱心なファンがいるのは当然です」

「むろん、ファンはありがたい存在だ。だが実際には違うのに、仕事や別の目的のために機嫌をとろうとお世辞を言われることにはうんざりしている。興味がないなら、ないと正直に言われたほうがいい」

鷹之は、苦虫を嚙み潰したような顔をする。

思っていたより、鷹之は繊細なのに違いない、と令也は感じた。

だから人の心の表裏にも敏感で、心にもないことを言われることに傷ついているのかもしれない。

思い入れのある作品についてなら、なおさらだろう。

それに、と眉間《みけん》に皺を寄せたまま鷹之は続ける。

「飽きられるのも早い。数字が取れなきゃ関心はすぐ他に移る」

「そんなことありません！　だって俺が一番大好きなのは、今だって俊之丞なんですから」

真っ直ぐに目を見て言うと、鷹之の眉間から深い縦皺が消えた。

「……お前みたいなやつもいるんだな」

静かな声に、もう以前のような人を小バカにした響きはまったくない。

鷹之との距離が縮まったように思えて、自然と令也の表情はほころんでいた。


月末になると、令也が働き始めて最初のオフの日があった。

長谷川たちは休日をもらっていたが、令也は鷹之から直々に、買い物に付き合うよう言われている。どうせ休日に出掛ける予定もなく、俊之丞の世界に浸って一日を過ごすつもりだった令也は、喜んで応じた。近くにいられるだけで、なんだか心が浮き立ってくる。ただし、鷹之の機嫌があまり悪くないとき限定だが。

「まだ買い物するんですか？」

車を運転しながら令也は、助手席の鷹之を見てうかがいをたてる。

もうすでにブランドショップで、相当な額の買い物をしていたからだ。

トランクも後部座席も箱や袋でいっぱいだし、なにより鷹之の買い方は豪快すぎる。

手当たり次第に購入し、ショッピングを楽しむというよりは、カウンターで酔っていたときのように、ウサ晴らしをしているように令也には思えた。

「ああ、お前もなにか欲しいものがあったら言え。服くらい買ってやるぞ」

「い、いいえ。俺は服とかよくわからないし、あまり興味もないので」

「……そういえば、そんなナリだな」

今気がついたというように、鷹之は令也の頭から爪先までじろじろと見る。

「お前、これまで服や靴はどこでどうしてた」

「えっ」

思いもよらない質問に、令也はたじろぐ。

サパークラブで働いているとき、髪だけはオーナーに指摘されてヘアサロンで切っていたのだが、仕事中は制服だった。

私服は学生時代と体形が変わらないため、靴やジーンズなど、当時のものをまだ着用している。

「ええと、結構昔買ったものを、そのまま着てる感じで……」

「オタクだろうがマニアだろうが、この世界で生きていくつもりだったら身なりは気にしろ。いつどこで、誰の目にとまるかわからない」

「別にとまらなくていいです。俺は、鷹之さんの付き人でいられたら、それでいいんですから」

はなから芸能人になる気などない。きっぱりと言うと鷹之はどうだかな、と肩を竦《すく》めた。

「可愛いことを言うじゃないか。ご褒美をやろう」

「はい？」

首をかしげる令也に、鷹之は次の信号を右折しろと指示をした。

そこは大きなインポートブランドのショップで、店の地下の駐車場に車を入れると、関係者用らしきエレベーターから上の階へと、令也は連れていかれる。

その一時間後。エレベーターで駐車場へ下りてきたとき、令也は抱えきれない紙袋を持ち、とまどいを隠せずにいた。

「待ってくださいって、鷹之さん。俺、とても全部は着きれないですよ。それにこんな高価なもの、買ってもらう理由もないですし」

鷹之は店員に見立てさせ、令也の服を十着近くも購入してくれたのだ。

「言っただろう、ご褒美だと。早く乗れ」

「そんなこと言ったって……」

なんの褒美なのか、よくわからない。鷹之のストレスがこれで解消できるならいいが、自分にお金を使ったりしてもらうのは心苦しい。

なにかもう少し、鷹之の気分転換になることはないだろうか、と令也は考えた。

サパークラブにきたときも、結局は個室から出ずに飲んでいただけだったし、あれでは大して発散はできないだろう。

『俺には人間として欠落している部分がある』

そう言っていた鷹之が抱えている心の闇がなんなのか、令也には見当もつかない。

しかしいずれにしても酒と浪費でウサ晴らしするだけでは、ますます心も体も不健康になっていきそうだ。

「……鷹之さんは、なにかスポーツとかしないんですか。芸能人でもゴルフとか、自分の草野球チームを持ってる人っているじゃないですか」

尋ねると鷹之は、バカにしたように鼻を鳴らした。

「俺は極力、芸能人とのつき合いは避けている。スポーツだろうが飲み会だろうが、派閥だの接待だのと疲れるからな」

「それなら、学生時代の友達づきあいとか」

「ほとんど縁は切れている。そもそも、俺はろくに学校にいっていない」

言われてみれば、俊之丞役も高校生の頃だろうから、出席日数は少なかっただろう。

「じゃあオフはずっと、こんな感じですか？」

「ああ、そうだな。せいぜいスタッフと買い物して、夜は飲むだけだ」

なんでもないことのように鷹之が言うのが、令也には悲しく感じられる。

「あの、鷹之さん。提案なんですが」

「なんだ？」

「飲みにいくんじゃなく、ちょっとだけ、外を歩いてみませんか？」

意味がわからないらしく、眉を顰《しか》める鷹之に、令也はにっこりと笑ってみせた。

「大丈夫です。これなら絶対わかりませんって。多少、オーラは出ちゃうかもしれないですけど」

「そうか？　なにがいやって、俺は勝手に写真を撮られるのが一番嫌いなんだ」

「若い子の少ない場所にいけば、それはないと思います。万が一騒がれたら、俺が責任を持って脱出させますから！」

途中で雑貨店に寄った令也は、キャップと伊達眼鏡、そしてマスクを買って戻ってきた。

まだ花粉症の時期なので、マスクをしている人は大勢いる。さすがにその上にサングラスだと逆に目立つので、黒縁のもっさりと地味な伊達眼鏡を選んだ。

深くキャップをかぶり、それらを装着した鷹之は、長身とスタイルのよさこそどうしても隠せないが、パッと見で本人だとはまず見破られないに違いない。

「どこにいくつもりだ。メイドの仮装をした店員がいるような、お前の趣味の店は押し付けるなよ」

「ええっ？　もしかして俺がオタクだからですか？　だっ、だから俺は鷹之さんのマニアなだけで、そんな趣味ないですって」

「そうなのか。なにせ縁のない人種だからよくわからん」

「偏見を持ちすぎです。俺はただ熱烈なファンていうだけなんですから」

必死に説明しながら令也は繁華街近くの、大きな公園の駐車場へ向かい、そこで車を停める。

「……公園か。ロケ以外できたことがないな」

「のんびりリフレッシュするには、にぎやかな場所より、こういうところがいいと思って」

都心とは思えない、豊かな緑に囲まれた道を歩いていくと、段々と鷹之の機嫌はよくなっていくようだった。

「なかなかいいな、爽快な気分だ」

時折犬の散歩をする人や家族連れ、マラソンランナーがすぐ側を通り過ぎるが、誰も鷹之とは気がつかない。

広場までくると鷹之は芝生に寝転がり、周囲に人がいないのを見計らって、マスクをはずす。

少し離れた場所ではどこかの老人クラブらしき集団が、写生をしていた。

その間を縫うように、駆けっこをする子供たちの笑い声が聞こえてくる。

この状況が、鷹之は気に入ったらしい。ぴりぴりしていたのが嘘のように、穏やかな表情をして陽射しに目を細めている。

少し日が傾いてくるまでそこにいて、再び園内をぶらぶらと散策し、途中の売店で足が止まった。

「小腹が減ったな、あれを食うか」

鷹之が言ったのは、ワゴン車で販売しているホットドッグだ。

「いいですね。俺、おごります」

令也は小走りで店にいき、できたてのホットドッグを二つ買って戻る。

「付き人におごられるなんて始めてだ。……しかし、妙に美味いな。あれは有名な店かなんかなのか」

ベンチに腰を下ろし、ワゴン車を指差す鷹之に、令也は苦笑する。

「よくある一般的な味ですよ。確かに美味しいですけど」

「……そうか？　……もしかすると外で食うから、こんなに美味いのかな」

「そういうことは、確かにあるかもしれません」

遠足で食べるお握りが、家で食べるよりずっと美味しいようなものだろう。もっとも令也が持たされた弁当は、手作りではなくコンビニのお握りだったのだが。

自分の過去を思い出した令也は、ふと鷹之の子供の頃はどうだったのだろう、と尋ねてみる。

「鷹之さんて、三歳くらいからモデルをされていたんですよね」

「さすが俺のオタクだ、よく知っている」

「だ、たからオタクじゃないですって。ええと、モデル事務所から児童劇団に移って、俊之丞の前に、子役としても二本ドラマに出演したと記憶してますけど、その頃からずっと、お友達との付き合いは少なかったんですか」

鷹之は食べ終えたホットドッグの包みを、くしゃっと丸めた。

「そうだな。中学までは、たまに欠席程度だったが、高校はたまに出席だったたし。……あまり友人は作らない主義でもあったからな」

「それじゃあ、休日も、常にずっとスタッフか付き人とだけで過ごしたんですか」

「いや、飲む席に付き合わせる以外は、ほとんど一人だ。……好きなんだ、一人が」

あの快活な『俊之丞』と同じ唇で、そんな寂しいことを言わないで欲しい。

「でも！　たまには、今日みたいな休日もいいんじゃないでしょうか。健全で、健康的で」

「……まあ、お前が付き合ってくれるなら、こういうのも悪くないかもしれない」

鷹之は、くい、と少しだけ伊達眼鏡を上げてみせた。その目は明るく澄んでいて、令也は提案してよかった、と実感する。

「だったらもう少し、歩きましょう。鷹之さんが楽しそうだと、俺も楽しいです」

二人して立ち上がり、それから二時間ばかりも園内の池や花壇周辺をぶらついた。

令也は、やはり鷹之にあんな意地悪をされたのは、酒癖が悪いのと、ストレスが溜まっていたせいだったのだと思う。

決して根が悪い人ではないし、なによりも仕事に真摯《しんし》に向き合っている。だからこそ、悩みも多いに違いない。

やはり『俊之丞』は、理想の姿そのものだったのだ、と令也は改めて思っていた。


ところが帰宅して夕飯と風呂を終えたあと、鷹之の部屋に呼ばれた令也は、その認識を改めることになる。

初めて入ったその部屋は二十畳ほどの広さがあり、寝室も兼ねているらしく大きなベッドが設置されていた。

驚いたのは壁際の本棚で、難しそうな本が天井から床までがぎっしりと並べられている。基本的にクラシカルで落ち着いた、おとなっぽい部屋だ。

最初は、この部屋で暮らしているんだとうきうき周りを見回していたしていた令也だったが、挨拶のように気軽にかけられた鷹之の言葉に、呆然と立ち竦んでいた。

「寝る、って……そ、それは、あの……」

「もう風呂は入ったんだろ。だったら、今夜は付き合え」

平然と鷹之は言って、さっさとベッドに入る。なにがなんだかわからず、令也はぽかんとして、その様子を眺めていた。

「待ってください。……な、なにか俺、鷹之さんを怒らせるようなことをしてしまいましたか？」

「いや？　いいか、俺は寝ようと言ってる。お前を気に入ったってことだ」

嫌がらせではなく、気に入ったから寝る。そう言われてもやはり理解ができず、令也は激しく混乱する。

「お……俺はそんなの、意味がわかりません。だって……そう、第一、男同士だし」

「そうか、お前、未経験だったな」

ベッドの上に上体だけ起こした鷹之は、淡々としていた。

「だったらちょうどいいから、経験しとけ。この業界、いつなにが役に立つかわからない」

「そっ、そんな、男性となんて、無理です。俺、考えたこともないです」

鷹之はどういうつもりなのだろう。探るように瞳をのぞきこんでも、まったくいつもと変わりないままだ。

「俺のファンなんだろ？」

焦れたように鷹之は手を伸ばし、令也の手首をつかんで、ぐいと引っ張った。

弾みでベッドに倒れこんだ身体は、簡単に組み敷かれてしまう。

このままでは、本当に抱かれる。大混乱に陥りつつ、令也は必死に抗議した。

「まっ、待ってください！　た、確かにファンです、大好きですけど、それとこれとは」

「なんだよ、変なやつだな。俺を好きだと近寄ってきて、寝たがらないやつなんていないぞ？」

それは、女性だけでなく男性もなのだろうか。そんな程度のことで、鷹之は簡単に関係を持ってしまうのか。

「っや、やめ……待ってくださ、っあ！」

あたふたしていると、いきなりパジャマの下に手を突っ込まれてしまう。さらに下着の中に潜り込んだ指が、まだ柔らかな性器に絡みつけられた。

「……おとなしくしてろ。大丈夫だ、よくしてやるから」

「いいです、俺は遠慮します！」

悲鳴のような声で抗議をしたが、鷹之の手は止まらない。

性的なことを、割り切って楽しむという感覚は令也の中にはなかった。

「た……鷹之さん、本当に……嘘でしょ、こんなの」

怒りと同時に怖くなってきて、声が情けなくも半泣きになってしまう。

それでも鷹之という存在が、自分の中であまりに特別なのは確かだった。

至近距離でじっと見つめられるうちに、心臓は激しく高鳴り始め、震えながらも抵抗する力は弱まっていく。

それを感じ取ったように、鷹之は囁いた。

「いい子だ、令也。楽しもうな」

「う……ん、んっ」

ゆっくりと唇が被さってきて、令也はきつく目を閉じる。

抵抗しなくては駄目だ。もっと暴《あば》れて突き飛ばして、いくらファンでも怒るんだとはっきり態度で示さなくては。

頭ではそう思うのに、痺れたように体に力が入らない。まるで指先から溶けていきそうに、熱い。

鷹之の片方の手がパジャマのボタンを簡単にはずしていき、下着もずり下げられ、半裸の状態で令也はベッドに横たわっていた。

駄目だ、駄目だ、と呪文のように、同じ言葉が頭の中をぐるぐる回る。

「っふ、あ……っ！」

唇から離れた舌は、頬を伝って耳を弄る。ぞくぞくとした感覚が、全身に幾度も走った。

胸の上を鷹之の手が、肌触りを楽しむように滑る。さらに下腹部に絡められた指は、ゆっくりと上下に動いた。

「んっ、く、あ、ああっ」

鷹之のわずかな動きにも反応してしまい、ひくひくと令也の体は跳ねてしまう。

同じ男にこんなことをされて、どうして感じるのかと、令也は恥ずかしくてたまらなかった。

「はぁ、はっ、あ」

まだ今なら逃げられる、そう思うのに、手足はまったく言うことをきいてくれない。

心臓が、胸から飛び出そうなほどに暴れている。浅い呼吸を繰り返しながら、令也の指はシーツを握った。

ぎゅっと目を閉じると、わずかに互いの息遣いと、鷹之の唇が肌にくちづける、濡れた音だけが聞こえてくる。

最後まで我慢できるだろうか、と令也は思ったが、辛いだけならばこんなに体が反応するはずはない。

こちらは混乱しきっているというのに、鷹之は慣れた様子で、くまなく令也の体を愛撫していく。

男に抱かれるなど、冗談ではない。しかし相手は、あの鷹之だ。誰よりも憧れ、側にいたいと望んだ人が、自分の体にぴったりと密着している。

ただでさえのぼせたようになった頭では、この状況が嫌なのか嬉しいのかさえ、わけがわからなくなっていた。

「っん、う」

自分で触れてもなにも感じない脇腹や、鎖骨の下、胸の突起を指先で弄られると、その部分が痺れたようにジンと熱を持つ。

「……あっ、や、やめ」

思わず拒絶の声が漏れたのは、胸に舌が這《は》わされたからだ。

「っい、いた……っ、あ、あっ！」

そっと唇に含まれたものは、軽く歯を立てられ、次いで強く吸われる。

唇と乳首の隙間から漏れる濡れた音を聞くうちに、令也の頭はのぼせたように熱くなっていく。

「は、恥ずかし……っ、や、やだ」

もう片方の胸の突起を、鷹之の指がきつくつまんだ。痛みに顔をしかめた令也だったが、すぐに力を緩めた指先は、今度は優しく撫でてくる。

「あ……あ、あ」

ちりちりと火傷したような熱さと痛みに、段々と甘い疼きが混じってきた。

もう片方の鷹之の手は、その間にも令也のものを愛撫している。

「だ、駄目……こんな、だって」

どこもかしこも熱と硬度を持っていくのが、令也自身にもわかっていた。

無意識に背中が反り、つま先が思い切りぴんと突っ張る。

「敏感だな、令也は」

顔を上げた鷹之が、機嫌のいい声で囁いた。

「ほんの少し触れるだけで、こんなだ。ほら」

「っひ！　あっ、やぁっ！」

鷹之の指先に力が入るたびに、ひくっ、ひくっと体が跳ねる。

「あ、あ、だ、駄目です、っう」

「どうして。俺は令也が、可愛いと思う。お前も俺を嫌いじゃないだろ」

「だからって、男同士で、こんなっ」

涙目になりながら訴えても、鷹之は不思議そうな顔をする。

「感じているんだから、問題ないじゃないか。こんなにして、なにが駄目なんだ」

「ああっ！」

限界まで反り返った自身を、つっと爪の先で撫でられて、令也は小さく悲鳴を上げる。

「もうぬるぬるだぞ。聞こえるだろう」

「は、あっ！」

濡れた先端に、強く親指が押し当てられて動かされると、くちゅっ、といやらしい音が聞こえた。

「ここも、こんなにしこってる」

もう一度鷹之は、胸の突起にくちづけてきた。今にも達してしまいそうだった令也のものからは手が離れたものの、熱を持った体はもどかしさに身悶える。

「や……、も、そこ、や」

唾液で濡れ、外気で冷えていた胸の突起が、再び熱い舌に絡め取られた。

じんじんとした痛みと、かすかな快感が、令也の下腹を重くしていく。息も頭も、熱くてたまらなかった。

ぎりぎりまで追い詰められ、放置された自身が揺れ、下腹に雫が零れる。

「あ、あっ、鷹之、さ……っ、も」

「もう、なんだ。いきたいか」

思わずこくりとうなずくと、鷹之は満足そうな笑顔を見せた。

「それなら少し、おとなしくしていろ」

その目はとても優しいのに、視線が合った途端、令也の胸はぎゅっと締め付けられるように痛んだ。

鷹之はサイドテーブルからなにかを取り出すと、吐き出すことのできない快感に震えている令也をうつ伏せに寝かせ、まだまとわりついていたパジャマを剝《は》ぎ取った。

令也は熱をもてあました体で、されるがままにシーツにすがりつく。

その腰が、背後から持ち上げられた。

「んっ、な、なに……っ」

開かされた足の間に液体が流れるのを感じて、令也は驚いて首をねじるが、よく見えない。

「ローションだ。力を抜いていろ」

鷹之の声と同時に、濡らされた部分に指が触れてくる。

「やあっ、やめて、くださ……っ、あっ！」

ぬる、と体内に、指先が入ってくるのがわかって、令也は目を見開いた。

異様な感覚に、シーツを握った拳がぶるぶると震える。

「う、う……」

「拒まなければ、痛みはない……すぐに、よくなる」

穏やかな声で鷹之は言うが、内壁を擦られると、それだけで喉が詰まりそうに感じた。

それに、こういうことをされた先になにが待っているのか、晩生《おくて》の令也にも予感はある。

「鷹之さん、俺、もう、できない」

涙混じりに言うが、鷹之は指を、さらに奥に進めてきた。ひぅ、と令也の喉が鳴る。

「辛いだけのようなら、やめてやった。でも違うだろう、令也」

「あ、あっ」

中をゆるゆると抉《えぐ》られて、腰が揺れ、そうするとまだ屹立《きつりつ》したままの令也のものが、快感の出口を求めて疼《うず》いた。

「こんなにして、シーツに零れてるぞ」

低く笑う声に、ボッと顔から火が出そうになった、そのとき。

ずる、と指が引き抜かれ、代わりにもっと大きなものが押し付けられる。

「――――っ！　あ、ああ！」

ぎち、ぎち、と濡れたいやらしい音をさせながら、狭い隙間に鷹之のものが埋めこまれていく。

「いっ、いた、っ、あ」

喘ぎながら令也は、懸命に息を吸った。怖さと衝撃で、涙がぽろぽろと零れる。

「令也。いいぞ、お前の中」

「ああっ、あ、あっ」

鷹之はゆっくりと優しく腰を使う。それでもその大きさが辛くて、令也はすすり泣いた。

「っあ！　はあ、んうぅっ……！」

けれど鷹之の指が前に回され、腰の動きに合わせて、自身を下から上へと擦られると、甘い呻《うめ》きが喉から漏れる。

「だっ、駄目、も……っ、あああっ」

びくっ、と大きく体が揺れて、自分のものから熱が弾けた。

「気持ちいいか。……もっと、もっとよくしてやる」

達したばかりの体の中を、鷹之は容赦なく貫き、引き出して、また深々と根元まで突き入れてくる。

「あっ……あ、ああ……っ」

際限なく込み上げてくる快楽の波に、抗《あらが》いようもなく令也は飲み込まれていったのだった。


翌日は、具合が悪いからとマネージャーに連絡を入れ、令也は自室のベッドに籠《こも》って過ごした。

ショックの大きさは、この前のセクハラどころの話ではない。何度も思い出しては赤くなったり青くなったりしてしまうし、普段はしないような体勢を強いられたせいか全身がぎしぎし痛い。

――この状況を、どう考えればいいんだろう。やっぱりウサ晴らしの一環なのかな……。

ことの後も鷹之はけろっとした顔をしていて、最初は多少辛くてもすぐに慣れてよくなっていく、などとあっさり言われてしまった。

その態度からも言動からも、本当に悪気がまったくなかったことが伝わってくるため、令也は怒ることさえできずにいる。

汚れなども丁寧に始末してくれて、鷹之が言っていた『気に入ったから寝る』という言葉に嘘はなさそうだった。

それに実際、痛くて辛いというだけではなく、感じまくってしまったことも事実だ。そんな自分にさらに令也は落ち込んでしまう。

――男相手に、なんだってあんなふうになったんだ、俺は。

いくら相手が応援してきた芸能人だからといって、同性である男にキスをされたり触れられて、体が反応するものだろうか。

以前カウンターでキスをされたときに鷹之が指摘したとおり、自分にはそちらの気があるのかと考えかけて、いやいやと令也は首を横に振る。

会社員時代にちょっといいなと思う女の子もいたし、恋愛対象とファン心理はまったく別のものだと思っている。

ただ、他の人間にされたら許せないことでも、日暮鷹之にされたのであれば仕方ない、という気持ちはあった。

「……うう。考えれば考えるほど、気持ちが折れていく……」

前であれば、こんな場合に簡単に浮上できる特効薬があった。これまで十年近く、悩んだり傷ついたりしたときに、いつも心の支えになっていたのはあの時代劇と『俊之丞』だ。今もその気持ちに変わりはない。

昼過ぎになり、シャワーを浴びようとようやくだるい体を起こした令也だったが、ふと収納庫に目を向けてそちらに近づく。

ゆっくりと扉を開いて中から取り出したのは、ダンボールの箱だった。その中にはこれまで集められるだけ集めた、俊之丞のコレクションが入っている。

今まではどんな辛いことがあっても、ポスターや写真集を眺めるうちに、すぐに元気になれた。けれど今はカメラ目線でこちらをじっと見つめている鷹之の、この唇が、この指が自分になにをしたのかと思い出すと、ものすごく複雑な気持ちになってしまう。

――それでも俺は、この人のことを嫌いにはなれない。

令也は溜め息をついてがっくりとうなだれつつ、しっかり手の中の写真集を握る。

鷹之の性格が悪くて、それで自分にあんなことをしたのだとは思いたくなかった。

それに時折感じる、鷹之の荒んだ様子も気にかかる。手に入らないものを必死に求めている反面、あきらめてなげやりになっているような暗い影のある表情。

無理矢理に抱かれたというのに、むしろ鷹之の心配をしている自分に令也は気がついた。

改めて、写真の鷹之をじっと見つめる。その輝きと魅力はやはりまったく色褪《いろあ》せず、令也の胸をときめかせた。

――俺はやっぱり、鷹之さんから離れたくない。

ここでの仕事は、現在の鷹之に困惑させられ、『俊之丞』という過去の鷹之に励まされる、そんな奇妙な状態になっていた。

あの夜から半月ばかりが過ぎた頃には、令也はどうにか気持ちの整理をつけていた。

鷹之は前よりもずっと、親しげに接してくれるようになっている。

自分はどうしたいのだろうかと冷静に考えると、激しく拒絶して嫌われるより、少し我慢すれば仲良くしてくれるならその方がいい、という結論に至った。

特に時代劇についての深い話などをしてくれると、つい令也も嬉しくなって、なんでも許したいと思ってしまう。

日暮鷹之は令也の中ではそれくらい特別な存在だったし、芸能界という特殊な場所では、むしろ自分の感覚のほうが間違っているのかもしれない、などとも考える。

鷹之にとって自分はおそらく、お気に入りのオモチャかペットのようなものなのだろう。

普通ならば、そんな扱いをされる屈辱が怒りになり、憎しみになるのではないかと想像するが、相手が鷹之だと事情は違う。

自分などよりはるかに格好よく、魅力と才能に溢《あふ》れた手の届かない人、という思いがあればこそ長年熱烈に応援してきたのだ。

すべてが自分より上と思っている相手のせいか、屈服させられても、どこか仕方ないという気持ちになるのかもしれない。

その後もオフの前日など、ゆっくりできる時間があると、そのたびに令也はベッドに誘われた。

疲れていますから勘弁してください、と三度に一度は断ったのだが、二度は流されるようにして、鷹之とベッドを共にしてしまっている。

そもそも体は感じまくっているのだし、逃げ出したいと思うほどの恐怖もなかった。

といって、もちろんこの状況を喜んではいない。男に抱かれるなど、屈辱だという気持ちもある。

嬉しいのか悔しいのかもよくわからない状況ではあったが、自分が鷹之の近くにいたいということだけははっきりしていた。

そうしてペットのようになってしまった令也を、鷹之はプライベートで外で飲むときには、必ず運転手として指名してくるようになっていた。

今夜も令也は鷹之から命じられ、まだあまり慣れない高級外車の左ハンドルを握っている。

到着したのは以前令也が勤務していたサパークラブよりも、ずっと豪華で大きな高級会員制ナイトクラブだった。

椅子には和服とドレスのホステスが並び、テーブルのすぐ近くで、バーテンたちが立って待機している。

鷹之はちやほやされて喜ぶというより、いい酒とオードブルの揃い具合と快適な給仕、ゆったりした空間を好んでいるらしく、これまでにもよく通っている店らしい。

上品なホステスたちがやわらかな白い手で、令也にもノンアルコールの飲み物をすすめてくれる。

「こちらのお付きの方は、初めていらっしゃるのよね」

「あっ、はい。ど……どうも」

どんなリアクションをとっていいのかわからず、ぎこちなく令也はグラスを受け取った。

鷹之は令也を紹介するでもなく、笑いながら頭を撫で、可愛いだろう、と自慢げに言う。

本当に可愛らしいわ、などとホステスたちは口々に賛同し、ねっとりとした視線が令也に絡みついてくる。

初めて経験するシチュエーションに、居心地が悪くて仕方がなかった。

「綺麗な方ね、今の鷹之さんのお気に入りなのかしら」

「ああ、そうだ」

こともなげに鷹之は言い、グラスを傾けながら時折令也の頬をつついてみたり、手の甲を撫でたりしてきた。

この状況はまさに、ペットを小脇にティータイムを楽しんでいる、といった感じだ。

なんだか変な雰囲気だし、落ち着かない。早く帰りたいとそわそわしていると、鷹之がふいに席を立った。

奥のテーブルに知人の姿を見つけたらしい。挨拶だけして戻る、と言い残して鷹之がいなくなると、ますます令也は所在がなくなってしまった。

「そんなに緊張しないで、楽しんで欲しいわ。まだこうした席に慣れていないんでしょうけれど、日暮さんの付き人ともなれば、そうとばかりも言っていられないでしょう」

白いドレスの女性が、艶然《えんぜん》と笑って言う。しかしその目がちっとも笑っていないことに、令也はすぐに気がついた。

「はい。努力します」

ぎこちなく答えると、豊かなロングヘアの別のホステスが、やはりどこか冷たい目をしてピンク色の唇を寄せてきた。

「今一番のお気に入りなのよね。羨ましいわ。でもずっとそうとは限らないと、覚えておいたほうがいいわよ」

「やめなさいよ、こんな若い方に」

「わかっていないようだから、親切で忠告しているの。間違っても、恋人だなんて勘違いしたら、傷つくのはあなたよ」

自分だって恋人などと一瞬たりとも思ったことはないが、他人に言われると妙に嫌な感じがする。

「そんなことを言われても……俺は単なる付き人ですから」

「気に入っている子は、彼の目を見ればわかるもの。だけど飽きられたら、そこで終わり。今のうちに利用したほうが得よ」

「そこまでにしないと、ママに怒られるわよ」

別のホステスにたしなめられ、薄笑いを浮かべつつロングヘアの女性は黙ったが、どうにも令也は気になった。

もしかしたら、以前は彼女がお気に入りだったのかもしれない。

そう思った瞬間、なぜか一気に心が重く沈んだ。羨ましいと言われても、こちらはオモチャのような立場でしかない。

むしろ自分などより女性のほうが、ずっと恋人に近い状態だったのではないだろうか。

複雑な感情が胸に渦を巻き、どう対応するべきかと当惑していると、鷹之が戻ってきてくれた。

ホッとしたのも束の間、段々と酒が回ってきたのか、鷹之は令也の肩を抱き寄せる。

本当にお気に入りなのね、とホステスたちは表面的には微笑んでいるが、その心の片鱗を知ってしまったせいで、令也は寒々とした気持ちになってしまう。

と、ロングヘアの女性が、口元だけで笑いながら言った。

「本当に可愛がっていらっしゃるのね。まるで、子猫みたいに」

「うん？　まあ、実際可愛いからな」

ホステスたちはあくまで品よく笑いさざめき、自分たちも令也に触れようとしてくる。

令也は当惑しながらも、おとなしくじっとしているしかなかった。

赤や銀の爪が頬を撫で、髪に触れられる。

「素敵なペットね。日暮さんの言うことなら、なんでも聞くのかしら」

露骨にペットと言われて、さすがに令也は気分が悪かったが、鷹之は気にした様子もない。

「当然だろう。よく躾《しつ》けてある」

「あら、それならぜひ成果を拝見したいわ」

「日暮さんの手から、ミルクを飲んだりもできるのかしら」

くすくすという残酷な笑いが、令也の耳に響く。恥ずかしさと悔しさでいっぱいだったが一番ショックだったのは、鷹之がまったく否定しないことだ。

わかってはいたものの、実際にペットだと認められてしまったことに、怒りというより悲しみが沸いてくる。

すぐにボーイがミルクを運んできて、ホステスたちが本気でやらせるつもりだと、令也は悟った。

スプーンで鷹之の手のひらに、ほんの少しミルクが垂らされる。

なんでもないことのように差し出された鷹之の手を、令也は呆然として見つめた。

――これを、舐《な》めろっていうのか。酒の席とはいえ人前で、小動物みたいに。

しかしここで自分がやらなかったら、鷹之に恥をかかせてしまうだろうか。

別に自分は、ホステスたちにどう思われようが構わない。

ほんの一瞬我慢すればいいだけだ、酒席の余興みたいなものだ、と頭では思っても、どうしようもない虚《むな》しさに心が支配され、令也は唇をきつく噛んで俯いてしまう。

「……令也、どうした」

不思議そうな鷹之の声に渋々と顔を上げ、様々な思いを込めて、『俊之丞』の顔を上目遣いにじっと見つめた。

ずっと『俊之丞』の存在に、令也は救われてきた。だからたとえこんなふうにペット扱いをされても、やはり恩には報いたい。

意を決して、大きな手のひらに唇を近づけようとした、そのとき。

「もういい、やめろ！」

ふいに鷹之が言って、手を翻《ひるがえ》した。おしぼりに手を押し付けるようにしてミルクを拭くその顔は、先刻までとは別人のように険しくなっている。

おろおろするホステスたちにカードを渡して支払いをすませ、帰るぞと鷹之は立ち上がった。

令也は急いでその後に続き、店の外へ出る。夜の冷たい外気を吸い込むと、心底安堵した。

けれど鷹之の態度が突然変わった理由は、よくわからない。

シートベルトをした令也は、怪訝《けげん》に思いながら助手席の鷹之に尋ねる。

「……自宅へ向かっていいですか。それとも、どこかもう一軒寄りますか？」

まだ飲み足りないだろう、と聞いてみたのだが、鷹之は思い詰めたような顔をしていた。

「あの。もしかして怒ってますか。すぐに俺が言われたとおりにしなかったから。……すみません、でも」

自分だって辛かったのだと言いかけた頬に、鷹之の暖かな手のひらが触れる。

ゆっくりと顔が近づいてきて、そっと唇が重なった。キスは深くならずに、すぐに離れていく。

なんのつもりなのかわからないが、令也の胸には一瞬、長い針で貫かれるような甘い痛みが走った。

体を元の位置に戻した鷹之は、背もたれに寄りかかり、ふう、と大きく溜め息をつく。

フロントガラスの外に広がる夜の街を見つめるその顔は、なにか悩んでいるかのように、難しい表情を浮かべていた。

「……悪かったな、令也。酔っていてやりすぎた。傷つけるつもりはなかったんだ」

「え……」

確かにひどいとは思ったが、いつも俺様な鷹之がこんなふうに謝るとは思っていなくて、令也はたじろぐ。

日頃は傲慢にすら思える鷹之が、なんだか妙に心細そうに弱々しく見えた。

「なんだろうな、これは。あの程度の遊びで、なぜあんな気持ちになったのか、自分でも不思議だ。だが……」

鷹之は上着の胸の辺りを、左手でぎゅっとつかむ。

「お前のあんな顔を見たくなかった。これからも二度と、見たくない」

先刻まで楽しそうに飲んでいたのに、いったいどんな心の変化があったのだろうかと考えるが、本人も不思議がっているのに、こちらにわかるはずがない。

このとき以来鷹之の態度はまたほんの少し変わったように、令也には思えた。


その後も時折鷹之は、令也の体を求めることがあった。

同居しているため、同じ付き人の高井なども鷹之との関係に気がついていたが、この業界ではよくあることだし教えてもらっていると思えば損はない、などと平然と言う。高井から話を聞いたらしいマネージャーや長谷川も、同様の反応だった。

とまどっていた令也だったが、最近では確かに業界でやっていくのなら、そういう考えに慣れていくべきなのかもしれない、と思うようになっていた。

抱かれようがペットだろうが鷹之の側を離れたくないし、できるだけ近くにいて親しくしたい気持ちは、当初と変わっていない。

なにしろ勤務時間中は鷹之の近くにいられて、私的な時間も『俊之丞』に浸っていられるのだ。望みを叶える代償と考えればペットでもオモチャでも、いいと思えた。

そんなある日の朝。

令也は、耳元で紙がこすれる音で、ふと目を覚ました。

まだ部屋は暗く、カーテンの隙間からも明かりは漏れてこないが、ベッドサイドのライトに明かりがついている。

横で眠っていた鷹之が、いつのまにか目を覚ましてうつ伏せで肘《ひじ》をシーツにつき、歴史小説をめくっていた。

薄目で盗み見る横顔は、眉を寄せ、ひどく難しい顔をしている。

「……悪い、起こしたか。まだ夜明け前だ、寝ていろ」

「今度の映画のですか……？」

令也はライトの眩《まぶ》しさに目をこすりつつ、体を横に向けた。

新しい仕事が本決まりになったという話がきたのは、先週のことだった。鷹之が待ち望んでいた、時代劇の大作映画の主役に抜擢《ばってき》されたのだ。

時代劇とはいえ、近年まれに見る大ベストセラーの人気小説が原作とあって、事務所も乗り気になったらしい。

もちろん鷹之は喜んだが、反面、ぴりぴりしてもいた。

主役は武士道を重んじつつも狂気を内に秘めた難しい役で、かなりのプレッシャーがあるらしい。時計を見ると、午前三時半だ。こんな時間までがんばるのは努力家の鷹之らしいが、体が心配になってしまう。

「そろそろ眠らないと、体に障《さわ》ります。それに、前にも読んだ本ですよね？」

「それはそうだが、まだ頭にすべては入っていない。今のうちに予習だ」

「でも、必ずしも原作のままの脚本になるとは限らないんじゃないですか」

「もちろん、三時間程度の尺におさめるわけだからな……」

ライトの光が影を落とした横顔は、なんだか苦しそうに見える。眉間の皺を深くする鷹之を、励ましたくて令也は言う。

「鷹之さんなら、どんな役どころでも間違いないですよ。殺陣だって完璧だし、俺、すごく楽しみにしてるんです」

本を閉じ、鷹之は重い溜め息をつく。

「……あれは十年も昔のことだ。もう体だって忘れているかもしれない」

「大丈夫！　一度しっかり基本は身につけたんですから、きっとすぐに体が思い出します」

「俺は一度、時代劇で失敗している」

鷹之は、忌々《いまいま》しそうに吐き捨てた。

「お前のような熱心なファンはともかく、一般視聴者には、打ち切りのイメージがあるに違いない。

おそらく、前評判にも影響は出るだろう」

「それこそ昔の話です！　それにあれは、共演者のスキャンダルが悪いのであって、鷹之さんは完璧でした！　だから今回の話だってきたんですよ」

思わずムキになって力説すると、鷹之はじろりと令也を横目で見る。

こんな感情のない目を向けられたのは、久しぶりのことだった。

「素人になにがわかる。……芸能人目当てで、呑気に水商売をしていたお前に。気が向けば帰れる家のある人間に、間違いないただの大丈夫だのと、気楽に言って欲しくない」

「たっ、確かに俺は素人ですけど、気が向いたって帰れません」

心の奥の深い古傷に触れられて、反射的に令也は強い声で反論していた。

「親が再婚してから、家に俺の居場所なんて子供の頃からありません！　転校した学校にも馴染めなくて、高卒ですぐ就職して家を出ました。だから『俊之丞』だけが俺の世界だったんです。俺の、全部だったんです！」

一気に言ってから、ハッと令也は口を押さえた。感情の昂りに任せて、つい余計なことを言ってしまった。

鷹之は意外そうな顔で令也を見つめ、しばらくしてぽつりと言った。

「――すまない。どうも俺は、お前を傷つけてばかりらしい」

「えっ、いえ、全然。こっちこそ無神経で、申し訳ないです……」

きまりが悪くて、鼻まで毛布にうずまる令也に、鷹之の表情は穏やかなものになる。

「お前はいつも明るくて楽しそうだから、きっと楽しい家庭でなに不自由なく育ったんだと、勝手に思い込んでいた」

「今は楽しいに決まってますよ。だって、鷹之さんの近くで働けているんですから」

令也は毛布越しにもそもそ答える。

「強いんだな、令也は。そんな家で育っても、真っ直ぐで優しくて」

別にそんなことはない、と言おうとした令也の体を、鷹之はそっと抱き寄せた。

その表情からは険しさが消えていて、令也はホッと安堵し、身を委《ゆだ》ねる。

鷹之は遠くを見る目をして、ぽつりぽつりと話し出した。

「俺は駄目だった。……うちの親は俺のギャラの使い道で喧嘩ばかりして、なんだって純粋に俺を応援してくれないんだと腹ばかり立てていたな」

令也は驚いて聞き返す。

「子供の頃からっていうと、まさか時代劇のときもですか？」

「ああ。俊之丞の撮影中に離婚調停がすすめられて、番組終了と同時期に離婚が成立した。今は全員、ばらばらの生活だ」

「撮影中に、ご両親が離婚調停……」

「父親も母親も俺の金で派手に浪費はする、借金はする、挙句に先物取引で失敗した上にそれを週刊誌に書きたてられて、俺は踏んだり蹴ったりだった」

あの潑溂とした剣さばきの裏側で、そんなことが起こっていたのか。

想像もしていなかった華やかな舞台の裏側に、令也は呆然としてしまった。

さすがに当時子供だった令也は、ファンといえども大人向けの週刊誌まではチェックしていない。

格好いい、最高だと、自分がはしゃいで夢中になっていた間、プライベートでの鷹之はずっと苦しんでいたのだろうか。

「そんな思い出があるのに、それでもやっぱり鷹之さんは時代ものが好きなんですか」

複雑な思いで見つめる令也に、静かな声で鷹之は続ける。

「仕事が決まったばかりの頃、事務所の先輩俳優に言われたんだ。お前に殺陣なんて絶対無理だ、時代劇をなめてると。なにがなんでも見返したくて必死にやっていたら、これが面白かった」

「……負けず嫌いの鷹之さんらしいです」

「まあな。前に剣術道場の話をしたが、道場で木刀を奮うのも爽快で気に入った。精神面でも鍛えられたつもりだったが、まだ甘かったな」

鷹之は苦く笑う。

「あの番組の打ち切りだけじゃなく、ガキの時分から多くの芸能人の栄枯盛衰を目の当たりにするうちに、随分と人間不信になった。ドラマが当たったときにイヤと言うほど持ち上げられたのも、薄ら寒く感じたもんだ」

令也も思い出してうなずいた。

「……あの頃って、一日中テレビに出てましたよね。追いかけるのが大変でした」

「ああ、朝から五本の番宣に出たこともあった。目が回りそうだったことしか覚えていない」

あんなに華々しい活躍を、そんな寂しい声で話さないで欲しい。令也は胸が痛くなってきて、鷹之に体をすりよせる。

「ヤケになった時期もあったし、とてもお前みたいに真っ直ぐには生きてこれなかった。……俺はお前を、偉いと思う」

「えっ、偉くなんかないです。それに、もし俺が鷹之さんが言ってるような人間だとしたら、それは『俊之丞』のおかげなんですから」

ようやく令也は、鷹之が荒んでいた事情の一端がわかったような気がしていた。プライドの高い人だから、様々な悩みがあっても誰にも弱みを見せずに、芝居への情熱だけを心のよりどころにしてひた走ってきたのだろう。

幼い頃から芸能界の中にいて、人の浮き沈みや裏表の激しい部分を絶え間なく見ている上に、親までもが自分のギャラに翻弄《ほんろう》されている中で育ったら、人を信じられなくなっても無理はない。

そんな鷹之は、やはり令也にとって特別な人だ。

自分がこんなふうに思うのはおこがましいかもしれないが、放っておけない、守りたい、そんな気持ちになっている。

鷹之の自分に対する態度が少しずつ変わっていったように、令也の中でも鷹之への感情が変わってきているような気がした。

「お前に恥ずかしい殺陣は見せられないな。今の俺にできる、すべてをかけて演じるつもりだ」

それはあまりに嬉しい言葉だった。再び鷹之の最高の殺陣が見られたら、ファンとしてそれほど素晴らしいことは他にない。

「はい、楽しみにしてます！」

　令也の返事に鷹之は穏やかな目をして、かすかに笑ってくれたのだった。


「きみは確か、日暮くんの付き人さんだったよね」

　数日後、鷹之が所属する芸能事務所のビルの廊下で、令也は背後から声をかけられた。

　聞きなれない声に振り向くと、四十代前半の、オールバックの紳士が立っている。

　どこかで見たような顔なのだが、はっきりとは思い出せない。

「あ、はい。日暮はただいま、会議室のほうに詰めていますが」

　答えると紳士はにっこり笑って、名刺を差し出した。

「私はオフィスＤの高嶋《たかしま》というものだが、少し時間をくれないかな」

「オフィスＤ……」

　有名なＩＴ関係の会社だと思い当たって、令也はさっと緊張した。

　今度の鷹之の映画の、一番大きなスポンサーだ。名刺の肩書きには、代表取締役とある。

　夏木と申します、と作って間もない名刺を渡して、令也は首をかしげた。

「俺になにか、御用ですか？」

「うん。今夜、ちょっと時間が空いていてね。食事をしながら話したいんだけど」

「はい？　……俺と、ですか」

「ああ、きみと。二人きりでだ」

下っ端の自分などと二人でなにを話すつもりなのか、令也にはまったく見当がつかない。

けれどこの人が、鷹之の仕事関係の偉い人なのだ、ということだけはわかっている。

「すみません、ええと……時間が取れるか確認しますので、少しお待ちください」

急いで令也は小走りで廊下の角を曲がると、高嶋から見えない場所で、携帯電話でマネージャーに相談してみることにした。

すると事情を告げるや否や、絶対に断るな！　と大声が返ってくる。

『代わりに長谷川をそっちにやる。いいか、令也。機嫌を損ねるな、失礼な態度をとるな。鷹之はもちろん、お前のためにもなるんだから、親しくして損はない相手だ』

そう言われては、どうあっても断れない。令也はその夜、鷹之の仕事が終わるのを待たずに、高嶋の車でレストランへと向かった。

なんだかよくわからないが、愛想よく食事に付き合えばいいらしい。

連れてこられたのは、鷹之ともきたことのあるフランス料理の高級店だ。

「話というのは他でもない。ひと目見て、きみのことを気に入ってしまってね。きみも今度の映画に、出てみないか」

豪華な雰囲気に気後れしている令也に、高嶋はそう切り出す。

令也はきょとんとして、優雅に子牛の肉を切り分ける高嶋を見た。

「俺がですか？　むっ、無理です、演技の勉強なんてなにもしていないのに」

「はは、心配ないさ。そこまで重要な役じゃない。小姓として、すました顔で立っていればいいんだ」

「だ、だからって、ありえないです、俺がカメラの前に立つなんて」

本気らしいと悟り、令也は食べつけないフルコースの料理と同じくらい、高嶋の話にとまどっていた。

令也の様子に高嶋は、不思議そうな顔をする。

「なにか問題があるか？　きみにとってこれはチャンスだ。いつまでも、日暮くんの付き人でいるつもりじゃないだろう？」

言われて令也は、まったくそのつもりでいた自分に初めて気がついた。

ペットだろうがオモチャだろうが、鷹之のために働く以上の価値を、他の仕事には感じない。

同じ映画の画面に映れたら嬉しいが、それはあくまでファンとしての心理からで、そんな動機で役者をしたら、鷹之に怒られてしまうだろう。

「俺は……日暮鷹之の付き人をすることに、誇りを持っています。一生付き人でいたいと思ってますから」

高嶋は、口に持っていきかけていたフォークの手を止める。

「正気で言っているのか？　芸能界には興味がないと？　きみの見た目はタレントとして充分通用するし、大金を稼げるチャンスだぞ。なんでそんなもったいないことを」

「もったいなくなんかないです。今の仕事ができるのは、奇跡みたいなことだと思っていますし」

「……ファンだったりするのかな、彼の」

理解に苦しむ、といった感じで首をひねっている高嶋に、令也はハイ！　と明るく肯定した。

そして俊之丞役がいかに素晴らしかったかについて、食後の珈琲が終わるまで、夢中で熱弁をふるってしまう。

高嶋は苦笑しながら相槌を打ち、それ以上出演をすすめることをやめてくれたので、安堵したのだったが。


「あの。高嶋さん？」

送るからと言われ、乗せてもらった高嶋の車の中で、令也は再びうろたえていた。

運転席の高嶋の片方の手が、助手席の令也の足に、先ほどから触れてくるからだ。

その指使いの意味がわかった途端、令也はうろたえ、情けない叫び声を上げてしまった。

「うわぁっ！　や、やめてください、なっ、なにするんですかっ」

段々と手は下腹部へと近づき、さらに令也は慌てふためく。高嶋は低く笑って、車を人気《ひとけ》のない路上に停めた。

「色気のある子だから、さぞや経験も豊富だろうと声をかけたんだが、中身が逆とはますます気に入った。今時、こんなに純情で忠誠心の強い子も珍しいからね」

「いっ、色気……？　い、いえ、普通です俺は」

「見た目と違って業界ずれしていなくて、とても可愛い。どうだ。付き合わないか、私と」

――本当にあるのか、こんなこと！

高嶋の目的をはっきり悟った令也は、混乱と恐怖の真っ只中にいた。

枕営業だの、大御所のハレムだの、業界の噂は長谷川たちから聞いてはいたし、鷹之だって実際、遊びで令也の体に手を出している。

けれどそれはなりゆき上、自分が熱烈なファンだったからこそで、他の初対面の男の性欲の対象になり得るなど、考えたこともなかったのだ。

高嶋はぐっと身を乗り出してきて、令也の肩と腕を正面から押さえつけてくる。

「了承してくれるなら、悪いようにはしない。だが……断るなら、覚悟が必要だよ」

覚悟？　と眉を顰める令也に、高嶋は力強くうなずく。

「私は日暮鷹之主演映画の、メインスポンサーだ。この意味がわかるかな。つまり、主役の変更など簡単だということだ」

最悪の可能性を指摘され、さーっと令也の頭から血の気が引いていく。

鷹之が主役から下ろされるなど、あってはならない。やっとつかんだ、念願の時代劇の主役ではないか。

だからといって今日知ったばかりの男になにかされるなど、想像もしたくなかった。こうして至近距離で接していることさえ、気持ちが悪くなってくる。

鷹之に対してはまったく沸いてこなかった不快さが、令也の全身を強張《こわば》らせていた。

「……あ……」

高嶋はゆっくりと、身を竦ませている令也の首筋に、唇を押し付けてくる。嫌悪感に吐き気を催し、ざわっと全身が総毛立った。

触るな、離せ、と絶叫して殴ってやりたいのだが、立場上それはできない。

早く終われと念じつつ、必死に奥歯を噛んで堪《こら》えていると、高嶋はふいに体を離した。

「ここまで怯えられてしまうと、興ざめだな」

「……す、すみません」

こちらが謝るのは理不尽だと思いつつ、令也は頭を下げた。謝って勘弁してくれるなら、お安い御用だ。

しかし高嶋は、まだあきらめたわけではないらしかった。

「これから時々こうして、デートしてくれないか。それなら今夜のところは、解放してあげてもいい」

そう言われた令也は、とりあえず今この困り果てた状況から、逃げ出す道を選ぶしか手がなかった。


自分の感情だけで動いたら、鷹之に迷惑がかかってしまう。

といってどう対処していいか見当がつかなかった令也は、翌日改めてマネージャーに相談をしてみることにした。

すると答えは電話で聞いたときとまったく同じで、むしろいいコネができてよかった、などと喜ばれてしまった。

マネージャーも鷹之と令也が時折一緒に寝ていることは知っているから、それと同じと思っているのだろう。

確かに自分がしていることは、端から見たら同じなのかもしれない。

頭の中が混乱していて、うまく整理できていないのだが、令也にしてみたら鷹之との関係と高嶋の誘いにのることは、まったく別のものだった。

たとえ同性ではあっても、長年応援してきた大ファンの相手と、会ったばかりの男では違うのも当然だ。

だが、単にそれだけではないようにも思えてきている。

身もフタもなく率直なことを言ってしまうと、鷹之からキスをされるとそれだけで体が熱を持ってしまうのだが、高嶋から口の中に舌など入れられたら、吐きそうになるかもしれない。

「……高嶋って人の、ちょっとした気まぐれだといいんだけど。二度と連絡がありませんように」

このところなかなか寝付けない令也は、毎晩ベッドの中でそう祈っていた。

ところが、あるオフの日の夕方。

ダイニングテーブルで長谷川たちとお茶を飲み、鷹之が珍しくその席で新聞を読んでいたときのことだ。

滅多に鳴らない自分の携帯電話の音に、令也はビクッとしてしまった。

番号表示を見ると、嫌な記憶に思い当たって顔をしかめる。

しかし放っておくわけにはいかず、慌てて誰もいないキッチンへいき、電話に出た。

『高嶋だが、今、いいかな。デートの約束をとりつけたいんだ』

「あ、はい。あの……でも」

断りたくてたまらない令也に、高嶋は釘を刺す。

『この前、そういう約束だっただろう。きみは俺を、簡単に約束を反故《ほご》にできる相手だとでも思っているのか？』

「そっ、そんなことないですけど」

嫌でどうしようもないのだが、確かに約束は約束だ。なんとかまた、食事をするだけで帰してもらおう。

令也はそのつもりで、渋々と了承する。

「わかりました。ええと、それじゃこの前のシャト……なんでしたっけ。ああ、はい、シャトワヤンスですね。時間は」

言いながら、何気なく体の向きを変えた令也は、ハッと息を呑む。

ゆっくりと鷹之が、キッチンへ入ってきたのが見えたからだ。

「では、失礼します」

急いで電話を切った令也に、つかつかと鷹之は歩み寄ってくる。

「誰からだ」

「えっ。ええと、その」

正直に言うべきか隠すべきか、なにも考えていなかった令也は返事に迷う。だがマネージャーに伝えているのだから、いずれ鷹之にも知られるだろう。

会っても食事をするだけなのだし、なぜ黙っていたと不審に思われるくらいなら、話したほうがいいかもしれない。

「実はスポンサーの高嶋さんに、食事を誘われたんです。この前、事務所で会ったときに名刺を交換したので」

「高嶋？　オフィスDの高嶋か？」

みるみるうちに不快そうにしかめられる表情を、令也は不安になりながら見つめる。

なんだろう、なにか自分は鷹之を怒らせることをしたのだろうかと考えるが、よくわからない。

「……今、この前と言っていたな。私的に会うのは二回目か」

電話の会話を聞かれていたと気がついて、令也は焦りつつうなずく。

「沢村さんには……伝えておいたんですが……なんだか、映画の役をくれるとか言われちゃって」

口ごもりながら説明すると、氷のような目がじろりと令也を見た。

かつてのような嘲笑うような目でも、見下しているような目でもない。殺気を発するような怖さすら感じて、ぞくっとする。

鷹之は強い視線で縫いとめるように令也を見ながら、低い声で言った。

「……色仕掛けでコネを作り仕事を取る人間が、いないわけじゃない。だが、その前に演技の勉強ひとつせずに、恥ずかしくないのか」

明らかに怒りの含まれた声に、令也はたじろぎつつ必死に弁明する。

「違います！　そんなんじゃない！　もちろん演技なんてできないし、すぐ断りました！」

演技に真摯に打ち込んでいる鷹之に、色仕掛けで役を貰うような、芝居を軽く見ている人間だと思われたくない。

「俺を信じてください。役者になる気はないんです。ずっとこのまま、鷹之さんの付き人でいたいんですから。俺に演技は無理だし、したいとも思わない」

それにしても付き人が誘われて食事をするからといって、なにをそんなに怒っているのか納得がいかなかった。

高嶋に下心があるにしろ、令也をペット扱いしている鷹之が、腹を立てる筋合いではないではないか。

「どうだかな。役を貰う気がないなら、どうしてのこのこ付いていった」

やはり簡単には信じてくれないようだ。令也が自分から高嶋に近づいたと考えて、軽蔑しているのだろう。

といってまさか鷹之が役を降ろされるからなどと、プライドを傷つけるようなことは言えない。

それならば令也としては、まったく違う言い訳を考えるしかなかった。

「ええと。それじゃあ……これだけ言っても信じてもらえないようなので、本当のことを言いますけど。……つまり、俺はすっ、好きなんです、高嶋さんが。ひと目惚れです」

この理由ならば、仕方ないと許してくれるのではないか、と思ったのだが。

「――ひと目惚れ？」

冷ややかな表情をしていた鷹之は、令也の言葉を聞いた瞬間、顔色を変えた。

「ひと目惚れだと？　あの悪趣味な成り金にか？　どこがいいんだ、金か、地位か？　それとも歯の浮くような、愛の言葉でも囁かれたか」

「たっ、鷹之さん……？」

びっくりしている令也の両肩を、まるで目を覚まさせようとするかのように、鷹之はつかんで揺さぶった。

「お前があいつのなにを知っている。あいつだってお前のことなんか、なにもわかっちゃいないだろう。小綺麗な見てくれに興味を持っただけだ。あんな……あんな男より……」

段々と声は小さくなり、ふいに鷹之は口をつぐんだ。

重く張り詰めた静寂が二人の周囲を包む。

令也は初めて見るほどに激昂《げっこう》している鷹之が、いったいどうしてしまったのかと、驚きと心配で固まるばかりだ。

「日暮さん！　事務所からファックスが入ってますけど！」

長谷川がリビングのほうから呼ぶ声に、沈黙が破られる。

問いかけるような令也の視線から逃れるように、鷹之は無言で身を翻し、早足でリビングへと戻ってしまった。

後を追うべきか迷った令也だったが、追ったところでどう対処していいか判断できず、呆然としてシンクの前に立ち竦む。

わけがわからない状況ではあるが、ひとつだけ、間違いなくはっきりしていることがあった。

とにかく今夜、高嶋に会わないわけにはいかないということだ。

鷹之はこのところ殺陣の練習で、痣《あざ》だらけになっている。

本当に必死に、懸命に、自分が出せる力の限り、次の映画の役に取り組んでいた。

そんな鷹之に自分はなにもできないが、せめて迷惑にならないようにするべきだ。

スポンサーを怒らせずにいることくらい、付き人としてファンとして、やりとげるのは当然ではないか。

鷹之は令也が体で仕事を貰おうとしている、と誤解をしていたようだが、それはこの先もずっと役者になどならず、付き人を続けていけば嫌でも晴れる疑惑なのだから、しばらく辛抱すればいい。

もし高嶋にちょっとくらいセクハラされたとしても、鷹之の努力に比べたら蚊に刺される程度の我慢だろう。

令也は手にしたままだった携帯電話を見つめ、覚悟を決める。

そしてその夜、待ち合わせの時間になると、指定の場所へと向かったのだった。


この前と同じ店で食後の珈琲を飲みながら、令也はこういう高級レストランは苦手だ、と感じていた。

やたら仰々しくて落ち着かない。居酒屋のほうがずっと気楽だし、料理も美味しいと思えてしまう。

お守りのようにポケットに忍ばせてきた『俊之丞』の写真を盗み見て、令也は溜め息をついた。

早く帰りたいことが顔に出ていたのか、正面に座っている高嶋は猫なで声で優しく言う。

「この前は怖がらせたようで、悪かったね。お詫びと言ったらなんだが、今日はもっといい話を持ってきたんだ」

「はあ。なんですか」

役者になる気はないのに、と気のない返事をする令也に、高嶋は笑みを浮かべる。

「本当に欲のない子だな。だが、完全に無欲な人間がいるなどと、私は信じない」

もちろん、令也にも欲はある。ただそれが俊之丞関連の画像やグッズという、残念ながらなかなか多くの人には理解されないマニアックな欲というだけだ。

ところが意外にも高嶋は、その部分をずばりと突いてきた。

「きみは例の時代劇の、俊之丞が好きだと言っていただろう。……懇意にしている脚本家に、あれのリメイクの話を持ちかけたいと考えているんだ」

「えっ！」

さすがにその話は、役者も業界もどうでもいい、と思っていた令也の心を動かした。

「映画ですか、ドラマですか。キャストは」

身を乗り出した令也の反応に、高嶋は満足そうな表情になる。

「オリジナルのＢＤで、俊之丞中心の番外編だ。メジャーではないがあの作品には、きみのような熱烈なファンがいるから、きっと需要はあると思う」

鷹之のスケジュールは簡単には抑えられないし、年齢的にも、きっと俊之丞役は別人が演じるのだろう。

だが雰囲気の近い俳優が演じてくれるなら、それはそれで楽しみだ。

「もちろん、需要はありますよ。俺も、出たら絶対に買います」

令也の言葉に、高嶋は満足そうにうなずく。

「うん。もちろん発売されるか否かは、きみの返事次第になるわけだが」

「え？」

「きみのために、立ち上げようと思っている企画なんだよ。キャスト選びも、きみの希望を聞こう」

「俺のための、企画……？」

嫌な予感がして令也は華奢《きゃしゃ》なカップの中の、冷めかけた珈琲に視線を落とす。

高嶋の様子からして、見返りが要求されると感じたからだ。

「役者は新人を使う。きみもオーディションから関わって、好きなように新しい俊之丞を作ることができるんだ。どうだ、魅力的な話だろう」

なんと答えるべきか令也がとまどっていると、案の定、高嶋は切り出した。

「もちろん、それなりの代価はもらうよ。こうしてたまに、アバンチュールを楽しむというだけのことだがね。安い買い物だと思わないか？」

魅力的どころか虫唾《むしず》が走る。令也は心の中でつぶやくが、口には出せなかった。

高嶋はそんな令也の気持ちを、読んでいるかのように続ける。

「もっとも……日暮君を降板させないことを条件にするだけでも、きみは従ってくれるとわかっている」

にやりと笑う顔に、令也はゾッと背筋が寒くなる。高嶋はナプキンで、口元を拭った。

「だがそれではまるで、脅して関係を強要しているようで、ムードがなくてつまらない。……俺はね。きみのほうから、俺とつき合いたい気持ちになって欲しいんだよ」

そんなことを言われても鷹之の降板を匂わされた段階で、令也にとっては強要されているのと同じだった。

高嶋の人間性についてはよく知らないが、いかにも業界人という第一印象からして、好感は持てない。

だがこの世界にいるからには、仕事の一環としてベッドを共にするしかないのだろうか。

高嶋を受け入れることを考えると、嫌悪感で令也の頭は破裂しそうになってしまう。

それに俊之丞の話は、リメイクがあるというのは驚いたのだが、その企画に参加することにはちっとも胸が躍らない。

新しい話ができるのはものすごく嬉しいし、以前であれば世界中のどんなことよりも夢中になって、飛びつくはずのことだった。

――なんで全然わくわくしないんだろう。『俊之丞』の話なのに。他のなによりも大切で、誰よりも大好きで……。

そこまで考えて、はたと令也は顔をあげる。本当にそうだろうか。

自分が今、世界中で一番好きで大事な人は。

なによりも大切で、夢中になって応援したいのは、いったい誰なのか。

「ど……どうしよう……」

今になってようやく自分の気持ちに気がついた令也は、呆然として固まってしまった。

「うん？　なにがだい」

言葉の意味を高嶋が問うが、令也は答えなかった。

付き人になってから、ずっと自分でもわからずにもやもやしていた気持ちが、やっとすべて理解できたのだ。

自分が誰よりも好きなのは、鷹之だ。

『俊之丞』ではなく、他の誰を演じているときでもなく、今は生身の日暮鷹之に心を奪われてしまっているのだと、令也ははっきり自覚していた。

決して清廉潔白で完璧なヒーローではなく、傲慢で俺様で弱い部分も暗い影も持ち合わせ、それでいて必死に高みを目指して努力する人。

そんな素顔に、令也は強く惹かれたのだ。

――今頃気がつくなんて、俺はバカだ。だから男なのにキスされても……なにをされてもいやじゃなかったんだ……。

それがわかってしまったからには、さらに状況は苦しくなってくる。

高嶋は令也の様子を観察するように、じっとこちらを見つめていた。

心底好きな相手の存在に気がついたというのに、こんなどうでもいい男と関係を持つなど、生理的にも精神的にも不可能だ。

だが、断れば鷹之に迷惑がかかってしまう。

令也はもう一度俯いて、両拳をぎゅっと握った。

必死に考えるうちに、ひとつだけ、高嶋から逃れる方法があると思いつく。

付き人をやめて事務所から姿を消せば、自分は鷹之とは無関係になるだろう。

さすがにそうなったら、高嶋も鷹之を主演から下ろす意味がなくなるに違いない。

――だけど、やめたくない。ずっとずっと鷹之さんの側にいて、応援したい。ペットとしてでもいい。……もう一度抱き締められて、キスをされたい。

泣きたいほどに強く思うが、こうなってしまっては仕方がなかった。

たとえ付き人をやめても、スクリーンやテレビ画面の向こうから、鷹之を見守ることはできる。

それに気持ちを自覚してしまった今はもう、鷹之にペット扱いをされることに、長くは耐えられないのではないだろうか。自分以外にあのホステスのような愛人をつくられたりしたら、側にいるどころか顔を見ることさえ苦しくなるに違いない。

だからきっと、そろそろ終わりにするのがよかったんだ。

無理矢理に潮時だと考えて、懸命に涙を飲み込み、令也は顔を上げる。

「すみません。……じ、実は俺、今は俊之丞より大事なものがあるんです」

「うん？　なんだそうなのか。言ってくれれば、誰とでも会わせてあげるよ。大抵の番組は俺のコネで見られるし、アリーナの最前列特等席もお安い御用だ」

見当はずれの言葉に、令也は左右に首を振った。

「そうじゃないんです。どんなすごい俳優でも、どんな素晴らしい番組でも、俺は」

「令也！」

ふいに背後から大きな声で名前を呼ばれ、弾かれるように令也は振り向いた。

声のしたほうを見て、さらに驚く。レストランの出入り口に鷹之が、怖い顔をして立っていたからだ。

恋を自覚したばかりの相手の登場は、まるで胸に矢を突き刺されたような衝撃を、令也に与える。

レストランの給仕たちも客たちも、突然現れた有名芸能人に一斉に注目するが、鷹之はそれらの視線を歯牙《しが》にもかけず、このテーブルに向かって一直線に進んできた。思わず令也は、腰を浮かせる。

「どっ、どうしたんですか、鷹之さん！　なんでここが」

「なんでもクソも、店の名前を言っていただろうが」

衆人の中に、姿を晒すのが嫌いなはずの鷹之が、サングラスもしていない。

よほどの緊急事態なのだろうかと、緊張が走る。

「いったい、なにがあったんですか？」

慌てて席を立った令也の手を、鷹之がガシッとつかんだ。その手の力強さと熱に、ドキリと大きく

心臓が跳ねる。

そんなことに気がつくはずもなく、鷹之は厳しい声で告げた。

「お前に用事がある。帰るぞ！」

「俺にですか？」

用事など、マネージャーも長谷川たちもいるではないか、と思ったが、なにに対してかはわからないが、鷹之がひどく憤っていることは確かだ。令也は素直にうなずいた。

「今後、うちの付き人と飯を食いたいときは、俺を通してください」

鷹之はじろりと高嶋を一瞥《いちべつ》し、令也の手を引っ張って出口へと向かう。

スポンサーになんてことを！　と令也が首をひねってテーブルを見ると、目が合った高嶋はやれやれというように苦笑していた。

なにがなんだかわからない。令也は困惑しつつもおとなしく鷹之が運転する車に乗り、日暮邸へと連れ戻されたのだった。


車内でも、鷹之はずっと無言のままだった。男らしい眉をきつく寄せ、口元は一文字に引き結ばれて、声をかけることさえはばかられてしまう。

なにが起きたのかという不安と、意識したばかりの恋心に、令也の心臓はもうずっと苦しいほどに、激しく鼓動を刻んでいる。

ちらちらと整った横顔を盗み見しながら、重い空気に耐えるしかなかった。

駐車場で車を降りると再び鷹之は令也の腕をつかみ、ぐいぐいと引っ張って自室へと連れていかれた。

そして鷹之はドアを閉めるや否や、問いかける間も与えずに、令也の体をどさっとベッドに押し倒す。

「なっ、鷹之さん？」

驚いて体を起こそうとする令也の上に、鷹之は覆いかぶさってきた。

「えっ、あの、なに」

無理矢理シャツが開かれていき、ボタンのひとつは千切れ飛んでしまう。

「待ってください！　なんでこんな」

鷹之はずっと険しい表情をしたままで、令也としては怒られているのならば謝りたい。しかし鷹之がなにをこんなに怒っているのか、まだわからないままだ。

「黙ってろ。あの男になにをされたのか、調べるだけだ」

ぎょっとして、令也は抗議する。

「はい？　なにをされたって、なにもされてないです！　今日はキスだって……！」

「今日はだと？」

「あっ、あの、この前。だけど口じゃなくて、首に無理矢理」

「首？　ここか」

鷹之は首筋に嚙みつくようにして、唇を押し当ててくる。

「っあ！　な……っ、あ」

抱かれることは初めてではないし、こうしてキスをされたことは以前に何度もある。

けれど、これまでの何倍も敏感になったように、令也の体は反応した。

まるで、全身の神経がむき出しになってしまったようだ。

車の中でもずっと心臓が激しく高鳴っていて、聞こえてしまうのではないかと思ったほどだったし、今も体を重ねてくる鷹之の存在に、胸が締め付けられるような思いがする。

名前を呼ばれたときも、腕をつかまれたときも、これまでとは違う感覚が令也を襲った。

「いつにも増して、感度がいいな。……あの男に会っていたからか」

「違っ……、あっ！」

シャツは完全に開かれて、鷹之の指と舌が這わされる。

どこに触れられても、火がつくように熱さを感じた。それなのに鷹之は、いつもの半分も優しくは触れてくれない。

荒々しく過敏になっている素肌を蹂躙《じゅうりん》されて、甘い呻きが令也の唇から漏れる。

「んぅ、んっ、あ、う」

きつく閉じた眦《まなじり》に、涙がにじんだ。シャツだけでなく、下着まですべて取り払われる頃には、令也はすでに肩で息をしていた。

「すごいな、直接触れられてもいないのに。高嶋にどうされたかったか、言ってみろ」

冷ややかに言って、鷹之が令也のものに指を絡ませる。

「あ、あ……っ！　はっ、ああっ」

根元から強くこすられて、令也の背は弓なりにしなった。

高嶋になど触れられたくない、そう言いたくても、声はろくに言葉になってくれない。

瞬く間に達してしまいそうだったが、ふいにその手は離される。

「っ、っう」

急に放り出されたもどかしさに、令也の腰は無意識に揺れてしまう。

なんとか耐えようとしても、体は痙攣《けいれん》したように震え、熱を吐き出したいとねだる。

「あっ、や……っ！」

力の入らない体をうつ伏せにさせて、鷹之は令也の腰を抱え上げ、開かれた足の間に体を入れてきた。

四つん這いという恥ずかしい格好に、令也は唇をきつく噛む。

「いきたいなら、おとなしくしていろ」

やはり鷹之の声には、意地悪な棘が混じっている。

令也は背後から見られていることへの羞恥と、完全に軽蔑され、嫌われてしまったのかもしれないという不安に、今にも泣き出してしまいそうだった。

「た、鷹之さん、俺……ああっ！」

弁解を口にしかけたが、とろり、と冷たいものが背後に垂らされて、令也の声は言葉にならなくなってしまう。

「待っ、やあっ、あ、うっ」

ぬるついた指が、後ろと前、両方に触れてくる。

「は、あっ、あ、あっ！」

濡れたいやらしい音をさせながら、鷹之の指が反り返った熱いものに触れてきた。

そうしながら、もう片方の中指の先が、ゆっくりと令也の中に潜り込んできた。

「ああ！　や、やめ……っう、く」

ぐうっと長い指が、潤滑液の助けを借りて入ってくる。途端に内壁を強い力でこすられて、令也の喉がひゅっと鳴った。

「あ、うあっ……！」

令也の中を知り尽くした指は、一番感じる部分を執拗《しつよう》に抉ってくる。そのたびに、ひくっ、ひくっと体が指を締め付けてしまい、令也はどうにかなってしまいそうだ。

自身は限界まで硬度と熱を持ち、今にも弾けてしまいそうになっている。ところが。

「……やっ、やだぁっ」

前に絡められていた鷹之の指が、きつく根元を握った。熱を吐き出す方法を奪われて、令也は目を見開いた。

なんでこんなに意地悪をされるのか。やはり悪意から責められているのかと、ぽろぽろと涙が頬を転がり落ちる。

――大好きなのに。俺には自分自身なんかよりずっと、鷹之さんだけが大切なのに。

「っく、う……っ、も、っや」

「なにが嫌だ。たいして触れられてもいないのに、今にもいきそうになって……こんな淫乱な体には、罰が必要だからな」

そんなことを言われても、鷹之の指なのだから仕方がないではないか。

他の誰でもこんなふうにはならない。鷹之に触れられているからこそ、おかしくなりそうなほどに感じているというのに。

「っひ！　あっ、あっ、いやぁっ」

鷹之は二本目の指を入れてきた。そうして容赦なく、令也の内側を弄る。

苦しいほどに感じさせておきながら、達することは許してくれない。

獣《けもの》のような格好で、令也はすすり泣くことしかできなかった。首をうなだれて頭をシーツに押し付けると、自身から、透明な液体が滴っているのが見える。

「ゆ、許して。も、やめて」

こんなふうに焦らされ、際限なく苛《いじ》められることは初めてで、ガクガクと体が震えた。

熱い。息が苦しい。このままでは、本当にどうにかなってしまう。

鷹之は無慈悲に指の抜き差しを繰り返し、令也のものを拘束した手も緩めてくれない。

「ああっ！　……やっ、……あ、ああ」

がくりと腕から力が抜けて、令也は上半身をべったりとシーツにつける。

腰だけが高く上がり、さらにいやらしい格好になってしまったと自覚しても、力が入らずどうにもならない。

「……いきたいか？」

聞かれて必死に令也は、しゃくり上げながら答えた。

「い、いきた、……ねが、っい」

「それなら答えろ。あの男にも、こういうことをさせたのか」

「しな、い。そっ、な……しな、いっ！」

一番弱いところを強く指の腹でこすられて、ひいっと令也は悲鳴を上げた。そこを幾度も、鷹之は狙《ねら》ってくる。

「だが、させたいんだろう。こんなふうに」

「っひ、やあっ！　違っ！」

「なにが違う。好きなんだろうが、あの男が」

「あああ！」

弱い部分をぐりぐりと苛《さいな》まれて、令也はわけがわからなくなってくる。無意識に腰を振りながら、涙声で言った。

「好きじゃ、ないっ！　っあ」

「嘘をつけ。それならどうして」

限界まで追い詰められても達することができず、息すらもろくにできない。

どうにかして苦しさから逃れたい一心で、令也はわななく唇で本当のことを言った。

「や、役を、降ろすっ、て。だっ、だから」

「……なんだと？」

鷹之は、厳しく責め立てていた指の動きを止めた。

「俺を降ろすと、脅されたのか……？」

「っ……俺は、だって」

引き抜かれていく指の動きは気遣うようにゆっくりだったが、それでもびくっと令也の体は震えてしまった。体を縮こまらせる令也から、鷹之の手が離れていく。

もうとても高嶋を好きなふりなど、一分でもできない。

快楽に震え続けている体を恨めしく思いながら、令也は切れぎれに事情を話した。

「なっ、なにも、できないけど。邪魔したく、なかったから」

もしかしたらこの返事で、もっと鷹之を怒らせてしまうかもしれない。

「でも、俺。……俊之丞より誰より、鷹之さんが……好きだって、わかって。だっ、だから……」

喘ぐように息を継ぎながら、必死で令也は気持ちを伝えた。

と、まだ小刻みに震えている体が、背後からぎゅっと抱き締められる。耳元で、鷹之が囁いた。

「まいったな。今まで以上に、お前が可愛く思えるなんて」

「え……？」

「このままずっと、変わらないでいてくれ……令也」

言い終えると同時に、ぬるついて熱を持った部分に、指よりずっと太いものが触れる。

「――っあああ！」

充分に指で広げられた部分に、一気に鷹之の硬いものが埋め込まれていく。

「っう、……ああっ！」

きつく背後から抱き締められながら、根元まで挿入された衝撃で、令也のものは弾けてしまう。

「待っ、駄目、っあ！」

鷹之の指が下腹部に滑らされ、すべて吐き出させようとするかのように、令也のものを下から上へと撫で上げる。

自分の中が、きゅうと鷹之のものを締め付けてしまい、一際《ひときわ》その存在を感じて、令也の眦から涙が零れた。

「少し辛いかもしれない。手加減してやれそうもないんだ」

「や……、こ、怖、い」

鷹之に対する気持ちに気がついたせいなのか、なにもかも初めてというほどに、令也の体は自分でも驚くほど感じてしまっている。

わななく唇で訴えると、鷹之は昂ぶりを押し殺すような、かすかな低い声で言う。

「怯えるな。俺はどうしようもなくお前が……」

快感に翻弄され、もうなにを言われているのかよくわからない令也にすまないと囁いて、鷹之は腰

を動かし出す。激しすぎる快感に、令也は悲鳴を上げた。

達したばかりで、すでに熱を持ち始めたものを、鷹之は同じスピードで手を動かし、煽《あお》り立てる。

「っは、ああ、う」

――好きだ。俺は、この人が誰よりも。

思った瞬間、ぶわっと体がさらに熱を帯びた。唇の端から唾液が零れ、汗と涙でぐちゃぐちゃで、もう自分がどうなってしまうのかわからない。

「令也……令也」

熱を含んだ声で、鷹之が名前を呼ぶ。これまで何度か体を重ねてきたが、ずっと今のほうが快楽が強く、深い。

きっとそれは遊びなどではないからだ。割り切ったり楽しんだりできない、もっと重くて強い想いがあるからに違いない。

令也は朦朧とする意識の中で、何度も愛しい名前を呼んでいた。


「……っ」

ふと目を開けると、寝室は真っ暗だった。まだ深夜なのだろう。

体はひどくだるかったが、肌はさらさらして汗などのベタつきはなかった。

きっと鷹之が綺麗にしてくれたに違いない。それならば、もう怒ってはいなさそうだ。令也は小さく安堵の溜め息をつく。

頭の下には鷹之の二の腕があり、目の前には整った横顔がある。腕枕で眠るのも、夜中に目を覚まして鷹之の寝顔を見つめるのも初めてのことではなかったが、今夜はいつもと違った。

子供の頃から憧れ続けてよく知っているはずなのに、まったく知らなかったような気がしてくる。睫《まつげ》がこんなに長く、閉じた唇はこんなに形が綺麗だっただろうかと、令也は見惚《みと》れていた。

――恋してる、って気がつくと、ここまでなんでも違って見えるものなのかな。

心の中で令也はつぶやく。鷹之だけでなく、見慣れた寝室の壁やカーテンのドレープでさえも、暗がりに神秘的に浮かび上がっているように見えてしまう。

生まれて初めて自覚した恋心が、視界に虹の膜でもかけているようだ。と、わずかに身じろいだ拍子に、ぱちりと鷹之の目が開いた。

「あ……」

「なんだ……起きていたのか」

鷹之が顔をこちらへ向ける。

それだけで令也の心臓は、苦しいほどに高鳴ってしまう。

「い、いえ。なんとなく目が覚めただけです。すぐ寝ます」

いつもとは違い、告白をした後だからものすごく恥ずかしくなって目を閉じると、鷹之の手がさらさらと髪を撫でてくれる。

「なあ、令也。確認するが……お前はさっき、自分で言ったことを覚えているか」

「は、はい？」

まだなにか怒っているのだろうかと目を開くと、鷹之が目の中を覗き込んできた。至近距離で、低く囁く。

「俺をどう思っているのか。言ってくれ、もう一度はっきりと」

「えっ……」

令也は絶句して、鷹之の目を見つめる。早く言わなくてはとなんとか口を開いたが、緊張してしまって舌を噛みそうだ。

「そっ、それは、その。だから……」

好きです、と消えそうな声でつぶやくと、もう一度、と鷹之は言う。

すう、と思い切り息を吸い込んで、それでもかすれてしまう声で令也は繰り返した。

「俺は、っす、好きなんです。鷹之さんが……本当に」

言い終えてあまりの恥ずかしさに、令也は鷹之の胸に顔を押し付けて隠した。

鷹之は満足したように、そうか、と短く答える。

「い、いいんですか。男なのに。ペットみたいなものなのに、本気で好きになって」

不安が押し寄せてきて尋ねると、鷹之はわずかな沈黙の後に答えた。

「お前の気持ちはとても嬉しいし、ペットなどとは思っていない」

——よ、よかった……。

安堵の溜め息が、ほう、と令也の唇から漏れる。体が触れ合っている部分のぬくもりが、とても愛しく大切なものに感じられた。

不思議な甘く温かい液体が体中を満たしていって、これまでの辛かったこともいやな思い出も、すべてを癒していってくれるようだ。

「令也。俺を見ろ」

うながされておずおずと視線を上げると、鷹之は静かな声で言った。

「お前には、いろいろとひどいことをしたと思っている」

後悔している表情に、令也は胸が痛くなる。

「なにも気にしてません、俺は」

「俺は人を信じていない。前に言っただろう。おれには欠陥があると」

鷹之は整った顔を歪めた。

「親も、仕事仲間も、誰も信じていなかった。お前だって知っているだろう。えらそうにふんぞり返っていても、まともな友人一人いない」

「鷹之さん……」

男らしく精悍な鷹之がとても辛そうに見えて、令也は思わず厚い胸に腕を回して抱き締めるようにする。

「それは、子供の頃から特殊な世界で生きてきたんだから、仕方ないことです」

「確かにおべっかを使うものもいるが、そうでない真摯な気持ちもなにもかも、一緒くたにして見てしまっていたからな。人間不信になる前に、人を見る目を養うべきだった」

「それだって、ご両親のこともあるし」

なおも言い募る令也の頬を、優しい手が撫でる。

「いや。自分に甘くしていただけだ」

「もういいです。頼むから自分を責めたりしないでください、俺が辛いです。でも……鷹之さんはどうしてあんなに怒っていたんですか？　俺、ずっと考えていて、わからなくて」

「怒っていたわけじゃない。もっとも、最初は俺自身、この我慢ならない不快さはなんなんだ、とうろたえていたんだが……」

間接照明だけの薄暗い部屋の天井を向いて、鷹之はポツリと言う。

「……お前が、高嶋を好きだなんて言うからだ」

「え……そっ、それは……」

もしかして、少しはヤキモチを妬《や》いてくれたのかもしれない、と令也は喜びかけたのだが、ハッとめんどうな問題を思い出して体を固くする。

「だっ、大丈夫でしょうか、あの高嶋って人。途中で逃げ出してきちゃって」

難題を放り出してきたことに慌てる令也だったが、鷹之は平然としていた。

「もう契約もすませて会見もして、役を降ろされることなどありえない。それも、スポンサーの火遊びが原因ではなおさらだ。悪いが俺は、そこまで小物じゃないよ」

あっさりと言う鷹之の説明に、令也は愕然とした。

「だ、だって、それじゃ、あれは……」

「はったりに決まっているじゃないか」

仕方がないな、というふうに鷹之はかすかに笑った。

あっけなく信じた自分が、令也は恥ずかしくなってくる。

「よくあんな平気な顔して、嘘がつけるな……まるで役者みたいだ」

つぶやく令也の声には、怒りと呆れが混じっていた。

「令也がすれていないから、これはいけると踏んだんだろう。実際、コロッと簡単に信じたようだからな」

「だってまさか、あんなに堂々と嘘をつく人がいるなんて思ってませんでした」

言い訳をしつつ自分の単純さを恥じ入るばかりの令也に、鷹之はかつてないほど優しい目をして言う。

「今後同じような誘いがあったら、必ず俺に相談しろ。お前の想像以上にこの業界には、罠と化け物が潜んでいるんだ」

幼い頃から芸能界で生き、その酸いも甘いも知り尽くしているであろう鷹之の言葉を、令也はしっかりと肝に銘じる。

「わかりました。でも、俺を誘うなんておかしな趣味の人は、もういないと思いますけど」

「いや、必ずいる」

妙にきっぱりと断言されて、令也は思わず苦笑してしまった。

「とてもそうは思えないですよ。……でも人の好みって千差万別ですし、必ずしも理解できるとは限らないですからね」

「それは確かにそうだな。俺も猫の耳をつけた女のどこがいいのか、さっぱりわからないからな」

「……はい？　なんのことですか、それ」

唐突な猫耳の話に、意味がわからずにとまどっていると、鷹之は平然と答える。

「高井に聞いたら、オタクはそういうのが好きだと言っていたぞ」

「だっ、だから！　俺は鷹之さんの時代劇が好きなだけで、オタクじゃないです。だいたいその決め付けは偏りすぎです、間違ってます」

懸命に否定しつつも、令也は頭の中に思い浮かべた想像に、これはこれでありかなと思ってしまう。

「だけど……俊之丞が猫耳を付けたら、それはちょっと見てみたいですけど」

ぼそっとつぶやくと、鷹之は呆気に取られた顔をしたが、やがてくすりと笑った。

「やはりまったく理解はできないが、そんなふうに素直で正直だから、俺はお前を信じられる」

「え……」

「……お前のことだけは信じる。そう言ったんだ」

あまりにも嬉しいことばかり言われて、半ば呆然としてしまっている令也の唇に、鷹之の唇が被さってくる。

深いくちづけを繰り返しながら、令也は初めて見つけた『俊之丞』以上に大切で愛しい人を、腕の中にしっかりと抱き締めたのだった。

脚本のないラブシーン　2

「起こされずに眠れるだけ眠りたいと忙しい間はよく思ったが、一日で充分だな。もううんざりだ」

「きっとどんどん回復してきているからですよ。本当に体が辛いときって、よく眠れますから」

午後の陽射しの差し込む寝室で、鷹之《たかゆき》はここ数日ベッドに横になっていた。外は残暑が厳しいが、室内は空調で適温に保たれている。

令也《れいや》はその広い肩を毛布でしっかり包むようにして、ベッドサイドに持ってきた椅子に座りなおした。

鷹之が高熱を出したのは、夏から撮影を始めた映画のクランクアップから三日後のことだ。

自己管理がなっていない、などと鷹之は自分自身に憤慨していたが、このところは不摂生もしておらず、多忙を極めて疲労もたまっていたのだろうから、仕方ないと令也は思う。

鷹之が足元をふらつかせて不調を訴えたときには、恐ろしくなってこちらの心臓が止まりそうだったが、高熱がようやく下がってきた今は落ち着いて看病にあたることができていた。

「味覚がおかしくなっちまってて、美味くもなんともない」

忌々《いまいま》しそうに言いつつも早く回復するためにと、鷹之は昼食の粥《かゆ》をたいらげた。全部食べてくれたことを嬉しく思いながら、令也は空になった深皿をトレイに乗せる。

「水を持って来ますから、食後の薬を飲んでくださいね」

「ああ。……それと、高井《たかい》は今日はきてるか？　いたら呼んでくれ」

「高井さんは夜まで外出です。俺ができることならやりますけど」

令也にとって先輩に当たる高井は俳優志望で、時間ができるとレッスンやオーディションに通っている。

特に高井でないとこなせない用事というのは思い当たらないのだが、鷹之はそれならいい、と溜め息をついた。

「あの。それって……。高井さんじゃないと駄目な用事なんですか？」

ここしばらく、また鷹之との間に距離ができてしまっているように令也には思えていた。

映画の撮影期間中は、常に鷹之も関係者も緊張状態だったため仕方ないと思えたが、クランクアップ後もその状況は変わらない。

会話はするのだが、どこか打ち解けていないというか、よそよそしい感じがして気になって仕方がなかった。

高井を指名するのもそのせいかと考えて尋ねてみたのだが、鷹之は顔を背ける。

「お前の知らない昔の仕事関係でちょっとな。いないなら電話ですむ用だ。それより喉が渇いた」

令也が付き人になる前の話ならば仕方がない。

「……わかりました、薬用の水の他にスポーツドリンク持ってきます。プリンやアイスクリームも用意してありますけど、食べますか？」

「いや、ドリンクだけでいい」

うなずいてトレイを手に令也が部屋を出ると、廊下の前方からマネージャーがやってきた。

「鷹之さんは起きてる？」

「はい。今、昼食が終わったところです」

「ちょうどよかったな、宮岡《みやおか》くん」

令也は振り向いたマネージャーの背後に、見知った青年が立っているのに気がついた。

「あ……こんにちは」

それは鷹之と映画でも共演していた、若手俳優だった。

鷹之と敵対する役だったためか、ロケの最中ほとんど二人は会話をしなかったが、それでも見舞いに来てくれたらしく、手には果物の籠《かご》を持っている。

「ああ、ロケのときにちらっと見た記憶がある。付き人さん？」

「はい、夏木《なつき》です。日暮《ひぐらし》がお世話になっております」

ぺこりと頭を下げると、宮岡はなにがおかしいのか、マネージャーの顔を見て笑った。

「俺に頭なんか下げなくていいって。じゃあ、どんな顔してへばってるのか様子見てくるから。まさに鬼の霍乱《かくらん》だな」

気さくに言うと、宮岡はさっさと寝室のドアを開いて入っていった。

「……大丈夫なんでしょうか？」

思わず令也は、マネージャーの顔を見る。

決して愛想がいいとは言えない鷹之が、風邪で臥《ふ》せっているときに客の相手をするだろうかと心配になったからだ。

けれどマネージャーは、まあな、と曖昧な返事をして、さっさとリビングの方へ歩き出してしまった。令也は宮岡にはコーヒーを、鷹之にはスポーツドリンクを用意しながら、なんとなく引っかかるものを感じる。

宮岡は、ロケの際は冷徹な旗本の子息役で、派手な着物の上に髷《まげ》を結っていたから、ラフなジーンズスタイルだと違和感を覚えるのは当然かもしれない。

けれど気になっているのは、見た目の雰囲気だけではなかった。

もしかしたら親しいのかもしれないが、それにしたって先輩俳優の寝室のドアを、あんなに気軽に開けられるものだろうか。

年だって宮岡は鷹之よりずっと下で、令也とたいして変わらないはずだ。

「人気があると、先輩後輩とか関係ないってことかな……」

一人ごちながらトレイにグラスと珈琲カップをのせ、再び令也は寝室のドアを開け、そして固まる。

「――って言ってたじゃない」

「相変わらずバカだな、お前は」

口調は辛辣《しんらつ》だが、横になったまままつぶやく鷹之が、とても気を抜いて話しているように見えたからだ。

なにがおかしいとはっきりとは断定できないのだが、なんというかこの空気は、単なる仕事相手とのやりとりに思えなかった。

思わず頬が引き攣《つ》ってしまい、このままでは変に思われる、自然な対応をしなくてはと頭では考えているのに、令也は呆然と鷹之を見つめて立ち竦んでしまっていた。

「……令也。ありがとう、そこに置いてくれ」

どうした？　という顔をして鷹之がサイドテーブルを指差す。その声にハッとして、慌てて令也は首を振る。

「い、いえ、なんでも……」

「わざわざ俺だけに珈琲淹《い》れなくても、鷹之さんと同じものでよかったのに」

宮岡は言いながら、カップを手にする。

「あ、なんか懐かしい味。鷹之さん好みの豆と濃さ」

笑顔の宮岡の言葉に、令也の頭はさらに真っ白になった。

失礼します、とかすかに口の中でつぶやいて、急いで寝室を後にする。

トレイをキッチンに片付けてからリビングにいき、ボスッとソファに腰を下ろした。

——宮岡さんと鷹之さんには、絶対になにかある。今回の共演者っていうだけじゃない。

宮岡優次《ゆうじ》は、昨年出演したドラマの脇役で人気が出た新人俳優で、細身で気が強そうな顔立ちの、鼻筋が綺麗にとおった美青年だ。

テレビドラマの時は不良少年役で、私服もちゃらちゃらとしていたが、なかなかいい芝居をすると鷹之がロケ車の中で言ったことがある。

令也はロケに同行していたが、カメラが回っている最中、一部始終を眺められていたわけではない。足りないものの買い出しや使い走りにいかされたり、体調を崩して休んだ日もあったためか、宮岡と鷹之二人のシーンをきちんと見た記憶がなかった。だが滅多に他の役者を褒めたりしない鷹之の言葉だったので、印象に残っている。

「彼、まだいるの？」

なにやら書類を抱えて走り回っていたマネージャーが、令也を見て寝室を指差す。

「え？　ああ……はい、話が弾《はず》んでるみたいで……」

つい拗《す》ねたような声が出てしまったが、マネーシャーは気にもかけない。

「そう。別にいいんだけど、鷹之さんの風邪がうつったらまずいからな。マスクぐらいするよう言っとくか」

「あっ、あの、待ってください」

寝室へ向かおうとしたマネージャーを令也は呼び止める。

「宮岡さんて、こんなに鷹之さんと仲が良かったんですか？　ロケ中、ろくに話もしなかったのに」

「ああ……そうか、令也は知らないんだよな。宮岡優次はもともと、付き人だったからね」

令也はびっくりして、マネージャーを見つめる。

「付き人って？　もしかして鷹之さんのですか？」

「そうだよ。彼が辞めたから空きができて、令也を雇ったんだ。まあロケ中は鷹之さんの場合、役に入り込むと敵役と口を利かないのは珍しくないからな」

それならば単なる共演者との関係とは違っていても、不思議はないかもしれない。令也はそう納得しかけたのだったが。

「それに早い話が彼は、今の令也と同じような立場だし」

「え？」

まるで天気の話でもするような、なんでもない調子で続けられたマネージャーの言葉にギクリとする。

「つまり付き人兼、夜の相手。令也と違って上昇志向が凄まじかったから、その部分は違うけどね」

マネージャーはひとしきり、宮岡優次の出世に至る経緯を話したが、もう令也の耳には入ってこなかった。

高嶋との食事中に強引に連れ帰られ、令也が鷹之に気持ちを告白した夜。

あのとき鷹之は、確かに令也の気持ちを嬉しいと言ってくれた。さらには令也だけを信じていると も言ってくれた。

表情も声も話した内容も、きっと受け入れられたのだと令也は天にも昇る心地だったのだが、別に付き合うと約束したわけではない。

むしろ告白してからは、映画の撮影に入って忙しくなったから当然といえば当然なのだが、ベッドを共にする夜は以前より減っている。

鷹之は前のように気軽に令也に命令したり、からかうこともない代わりに、妙に口数が少なくなっていた。

恋人だとも言われていないし、鷹之が令也をどう思っているのか、はっきりとはわからない。

高嶋とのことも、もしも嫉妬して迎えにきてくれたのであれば嬉しいが、あくまでもこちらの想像だから、都合よく解釈してしまっているだけかもしれない。

ファンだった頃にも増して、鷹之のことしか考えられなくなっている令也としては、自分たち二人の関係を客観的には見られなくなっていた。

きっと鷹之のことだから告白されるなど日常茶飯事だろうし、あまりしつこくすると鬱陶《うっとう》しがられてしまいそうで怖い。

とにかく近くにいられるのだからそれでいい、と令也は現状で満足していたというのに。

共演者の宮岡が、かつての付き人であり夜の相手。その事実が、頭の中に何度も重く響いて繰り返される。

――だけど……そう、昔の話なんだし。俺の前に愛人がたくさんいたっていうのは、鷹之さんから聞いてたじゃないか。

話だけ聞いていたときは仕方ないくらいにしか思っていなかったのだが、いざ元愛人が目の前に現れて、しかも寝室に二人でいるとなれば心穏やかではいられない。

不安でドキドキする胸を押さえ、壁の一点を見つめて物思いに浸っていた令也は、じゃあこれで、という声が遠くから聞こえてきて我に返った。

いつの間にかマネージャーは姿を消していたから、風邪のウイルスの蔓延《まんえん》する部屋に長居しないよう、忠告しに行ったのかもしれない。

おかげで宮岡が帰宅してくれるならば、ありがたいことだ。令也は、ホッと肩の力を抜いた。

寝室のカップとグラスを片付けなくてはと立ち上がると、驚いたことに宮岡が廊下を玄関へではなく、こちらへ向かって歩いてくる。

なんだろうとその背後をうかがってみるが、マネージャーも鷹之も姿を見せていない。

「あ、いたいた、令也くん」

「……あ、はい。ええと、お帰りですか？　今日はわざわざお忙しい中、ありがとうございました」

内心ではうろたえつつも、なんとか鷹之の仕事相手として接する令也に、宮岡はくすりと笑った。

「そんなにかしこまらなくていいよ。俺も前までここに住み込んでたし」

「はい、マネージャーからうかがいました」

固い声で返す令也の反応に、宮岡はソファを指し示す。

「ちょっと座れよ。帰る前に、話がしたいと思って」

「お、俺とですか」

宮岡がなにを考えているのか見当もつかないが、邪険にするわけにはいかず、令也はもう一度ソファに座った。

正面に腰掛けた宮岡は、悠然と長い足を組む。細面の表情からは、その内面は読み取れない。

「うん。単刀直入に言うけど、きみも鷹之さんと寝てるだろ。さっき部屋にきたときに、鷹之さん見てて態度でわかった」

「……え？」

「ベッドの相手もする付き人ってことなら俺と同類だから、親近感があるんだよな」

宮岡はあっけらかんと話すが令也は顔を強張らせ、目を逸らして俯いた。

「あれ？　なんだよ、警戒なんかしなくていいって。俺としては同じ経歴同士、腹割って話したいと思ってるだけだから」

「お、俺は別に。話すことなんて、あると思えないです」

下を向いたまま、令也は小さな声で言う。なぜ宮岡は平然としていられるのか、理解できなかった。自分の立場ととって代わった令也に対して腹が立ったり、嫉妬という気持ちはないのだろうか。

もしかしたら令也には理解できないだけで、宮岡にとって鷹之とのことは、マネージャーや長谷川たちの言う『よくあること』でしかないのかもしれない。その推測は、当たっているようだった。

「もしかして、ヤキモチとか妬いてる？　言っておくけど、俺にとっては単にステップアップの手段だよ。実際、鷹之さんの推薦があって、雑誌の人気グランプリをもらったりしたからね」

尽くしたんだから当然の報酬だ、と宮岡は言うが、令也にとっては知りたくもない話だった。

「それで、俺に話ってなんですか」

苛立つ令也を、宮岡は不思議そうな顔で見た。

「だから。きみだって役者を目指してるんだろ？　それなら同じ窯《かま》の飯を食ったよしみで、協力し合えないかと思ってさ」

「協力……？」

「うん。コネが欲しいなら紹介してやるし、やばいスポンサーの避けた方がいいオーディションなんかも教えてやれる。もちろん、きみが知りえた情報は提供して欲しい」

どうやら令也が、俳優としてのし上がるために鷹之と寝ていると思い込んでいるようだ。

そういうことならば話は早い。令也は顔を上げてきっぱり断る。

「すみません。俺、付き人のままでいたいと思ってるんです」

「はあ？　どういうこと？」

顎《あご》を突き出して宮岡は眉を寄せる。

「役者にもタレントにもなる気はありません。この前も、オフィスDの高嶋《たかしま》さんに声をかけてもらったけど、お断りしたんです」

「オフィスD？　そんないいコネを潰《つぶ》したのか？　……だって……それじゃなんで……」

そんなに驚くことなのだろうか、とむしろ令也のほうが不思議だった。

「俺は子供の頃から、日暮鷹之の大ファンだったんです。憧れ続けた人の付き人をする以上の仕事なんて、考えられません。まだ半人前の雑用係ですけど、今後はマネジメントの仕事も覚えていくつもりです」

先刻まで歯切れの悪い物言いしかしていなかった令也だが、鷹之のこととなれば俄然饒舌になる。

いつものようについ夢中になって、かつての時代劇や鷹之の魅力について語ってしまった。

しばらく唖然として令也の顔を眺めていた宮岡は、令也が話し終えると大きな溜め息をつく。

「……要するにお前は、ただの鷹之さんの熱心なファンなわけだ」

なぜか呼び方が、きみからお前へと変わっていた。

「も、もちろん、そうです」

「なんの野望もなく、出世の足がかりにするつもりどころか、芸能界にも興味がないと」

「はい、鷹之さんが関わること以外には」

令也が即答すると、もう一度宮岡は盛大に溜め息をついた。

「お前、つまんないやつだなあ。せっかく情報交換ができる仲間が増えたと思ったのに」

「……はい？」

「この世界でのし上がるためになりふり構わず必死なやつなら、協力したいと思ってた。自分がそうだからな。……でもお前が単なる光にたかる羽虫だったとはなあ。その見た目でもったいない」

宮岡の声には、呆れたような響きが混じっていた。令也はムッとしたものの、胸を張って答える。

「そう思いたいなら思ってください。俺と宮岡さんの価値観は違う。それだけのことです」

宮岡にとって自分自身が役者の頂点に上り詰めることが最大の価値であるなら、令也は鷹之の側にいることに一番の価値を感じている。

そのどちらが間違いで、どちらが正しいということはないのではないか。

「お……俺なんてカラオケでさえ恥ずかしくて苦手なのに、カメラの前でなにかするなんて辛いだけです。そこに生きがいを感じる人もいるでしょうけど、俺は違うんです」

皮肉そうな表情で令也の話を聞いていた宮岡だったが、ややあって、なるほどなとつぶやいた。

「一途《いちず》に無償の愛を捧げる相手に、鷹之さんもほだされたってわけか。……もしかしたらそのせいかもしれないな」

「なにがですか？」

令也の問いに、宮岡は当時を思い出すような目をして話した。

「映画の顔合わせで久しぶりに会ったとき、なんとなく鷹之さんが変わった気がしたんだ」

どんなふうに、と身を乗り出すと、宮岡は苦笑して続ける。

「俺は敵役だから、あえて近寄らないようにしてたけど。他の共演者やスタッフに対して、壁が低くなったっていうか……人当たりが柔らかくなったような……少しだけだけどな」

「そうだったんですか……」

なんとなく嬉しく思う令也に、宮岡は冷たく言い放つ。

「前より周囲と鷹之さんが馴染むってことがどういうことか、お前、わかってんの？　周りは光だらけだぞ」

「えっ」

「山ほどたかってくる虫よりも、自分と並んで光ってる存在の方が、ずっと魅力的に思えるのは当然だろ」

宮岡は立ち上がり、令也を見下ろしながら言う。

「がっかりだな。とりあえず忠告しといてやるけど、お前が恋人きどりで付き人やってるなら、せいぜい鷹之さんに迷惑をかけないようにしろよ」

言い捨てると、さっさと玄関に向かって歩き出した。さすがに令也は見送る気持ちになれず、むっつりとした顔でソファに座ったまま、その背を見送った。

仲間が増えると思ったのに、などと言っていたがとても信じられない。

かつて今の令也と同じように鷹之の近くにいてベッドを共にし、本当にあそこまで割り切れるものなのだろうか。

見舞いにきたのも、鷹之にまだ気持ちが残っているからとも考えられる。

「えらそうになんだかんだ言って、ヤキモチ妬いてるだけじゃないのか」

ぶつぶつ言いながら鷹之の寝室に向かうと、宮岡が持ってきた果物籠が目に入って、令也は眉を寄せた。

鷹之は眠ったところらしく、令也が側の椅子に座っても目を閉じたままだ。

その顔を見るうちに、険《けわ》しかった表情が緩んだのが自分でもわかる。

いくら見ても見飽きない愛する人の寝顔を見つめるうちに、宮岡から与えられた不快感は嘘のように消えてしまったのだが。

――でも確かに、虫かもしれない。

怒りの変わりに、ふいに令也の心に湧き上がってきたのは、不安だった。

いつかもし風邪などでなく鷹之が病に倒れたり、役者生命を脅かすような事態になった場合に、自分にはなにができるだろう。

宮岡のように鷹之のことを仕事のコネなどと考えたことはないから、どんなことになっても当然令也は一生尽くすつもりでいる。

しかし光り輝く存在の鷹之に比べて、あまりに令也は無力で非力な存在だった。

単なる付き人が鷹之を支え、守ることなどできるのだろうか。

令也はそっと鷹之の額に手を当てて熱が下がってきているのを確認すると、ホッと息をついた。

「……令也か」

「あ、すみません、起こしてしまって」

慌てて額からどけようとした手首が、鷹之の大きな手のひらにつかまれる。

「いいんだ、今寝てしまうと夜眠れなくなるからな。……それに、お前の手は冷たくて気持ちいい」

手を握られているだけで動揺している令也に、鷹之は気がついたらしい。

「触れられるだけで感じるのか、令也は」

「ちっ、違います」

「だがこんなに脈が速い」

握られた手首が強く引っ張られて、令也は鷹之の上に覆いかぶさる形になった。

間近にある鷹之の瞳は熱を帯びて、じっと令也の目の中を覗き込んでくる。睫《まつげ》の濃い、きつい目に射抜かれて、令也は魅入られたように動けなくなってしまった。

「本当のことを言ってみろ。感じるのは手だけじゃないだろう」

手首をつかんでいないほうの鷹之の手が、す、と令也のうなじに触れた。

「っあ」

ひくっ、と肩が震える。

「ここや、ここも」

「っん、……あ……っ」

堪えようと唇を噛んでも、鷹之の悪戯《いたずら》な指先が耳や唇をかすめるだけで、令也の体はそのたびに小さく跳ねる。

「俺と会った頃は、なにも知らなかったのに。随分といやらしい体になったな」

とんでもないことを言われて顔から火を噴きそうになりながら、必死で令也は首を振った。

「やっ、やらしくなんてないです。それに、もしそれが本当だとしたら、それは鷹之さんのせいじゃないですか」

「ああ、そうだな」

あっさりと認めて、鷹之は不敵に言う。

「俺がそうしたんだ、お前を」

鷹之の手が令也の頬に触れ、自分の顔に近づけた。

「ん、ん……」

一瞬躊躇《ちゅうちょ》したものの、いつもよりずっと熱い舌が滑り込んでくると、体の奥に火がつけられたように感じる。

いつにも増して鷹之の体臭や体温が恋しく、羞恥以上に求める気持ちが強かった。このところずっと、こんなふうに触れていなかったせいかもしれない。

告白をしてしまい、重たいなどと思われていたらどうしようと思っていたため、求められて安堵する気持ちもある。

「はあっ……ん、う」

何度も角度を変えて、貪るように唇を重ねるうちに、段々と昂《たかぶ》っていく気持ちの押さえがきかなくなっていく。駄目だ、と懸命に令也は頭を起こした。

「ま、まだ、熱があるんですから」

キスの合間に喘ぐように言うと、鷹之は耳に唇を寄せる。

「……そうだな。まだ体がつらい。忙しかったし、しばらくお前に触れていないが……令也はこのままでいいのか」

「こ、このままって……？」

耳に熱い吐息がかかり、令也は切なげに眉を寄せた。鷹之はほとんど唇が耳たぶに触れる距離で、低く囁く。

「欲しいなら、令也からしてくれ」

「え……っ」

令也はまじまじと、鷹之の整った顔を見つめる。自分がなにをすればいいのかおぼろげながら見当がつき、恥ずかしさに呆然となる。

「で、できません、俺からなんてそんな」

おろおろする令也に、鷹之はすっと目を細くした。

「嫌なのか」

「嫌じゃ……ないです。ないですけど」

令也はごくりと息を飲む。薄く汗の滲んだ額に髪が乱れかかった鷹之は、ひどくセクシーに妖しく見えた。

実際に体は奥深くに火をつけられてしまったように、すでに熱を持ち始めてしまっている。

羞恥と欲求に葛藤しながら、令也は消え入るような声で言った。

「う……うまくできるか、わからないです。でも、それで、た、鷹之さんが……喜んでくれるなら」

きっと自分は今、茹《ゆ》で上がった蛸のように真っ赤になっているに違いない。自分の未熟さを恥じながらも、令也はなんとか鷹之に奉仕しようと決意する。

一度立ち上がって寝室のドアの鍵を閉めて戻ると、鷹之は横たわったまま毛布をはいでいた。

「だったら、こい」

「……はい」

恥ずかしさにどうにかなってしまいそうだし、鷹之の体に障《さわ》るのでは、と思う反面、令也の指は素直にシャツのボタンをはずしていく。

――自分はこんなにあさましかっただろうか。だ、だけど、鷹之さんが望んでいるんだし。

おずおずと下着まで脱いで火照《ほて》った顔を上げると、鷹之はじっとこちらを見ていた。

「令也」

名前を呼ばれて、令也はふらふらとベッドに近づく。

「いつものを用意して、ここに跨れ」

抗えない声に令也は無言でうなずいて、サイドテーブルからローションを取り出し、ベッドに乗った。ぎしりと軋《きし》む音を聞きながら、鷹之の腰の上で足を開く。

「た、鷹之さん、俺。変ですか、キスだけでこんなふうになってるの」

すでに頭を持ち上げている自身が、鷹之の目の前に晒《さら》されている。軽蔑されないだろうかと心配になった令也の言葉を、鷹之は肯定する。

「ああ。もっと変になればいい」

今や令也の顔だけでなく、全身が火照《ほて》っていた。鷹之が欲しくてたまらない。

ローションを手のひらに垂らして、自分の奥に手を伸ばす。

「……っ、う……」

くちゅ、という濡れた音を聞きながら、令也は懸命に自分の中をぬるついた液体で慣らしていった。

「ん、んん」

自分の指の感触に眉を寄せ、唇を噛んで鷹之を見ると、じっとこちらに視線が注がれている。

その目を意識した瞬間、びくっと自分の中が指を締め付けてしまった。ほんの些細なことで過敏なほどに反応する体に令也は焦り、呼吸も荒くなっていく。

鷹之に嫌われるのではないかと不安な心と裏腹に、体の熱はどんどん高まっていた。

自身の準備が済むと、おぼつかない手で鷹之のパジャマを下着ごとずらし、硬くなったものにゆっくり触れる。

ローションにまみれた手のひらで、根元からそっと扱《しご》き、これを体内に入れるのだと思うと下腹部が疼《うず》いた。

以前であれば、ただ鷹之の映像や写真を見ていればそれで充分満足だった自分がこんなふうになってしまうなんて、想像もつかないことだった。

恥ずかしくてどうにかなってしまいそうだし、自分はおかしいのではないかとも思う。だが鷹之に悦んで欲しい、自分が感じさせたいという気持ちのほうが何倍も強い。

鷹之のものの準備ができると、令也は改めてその上に跨《また》がり、ゆっくりと腰を落としていく。

「ン……、う、うっ」

必死に体の力を抜いて鷹之を受け入れようとするが、自分からするのは初めてのせいか、とてもきつく感じる。

「無理をするなよ。ゆっくりでいい」

鷹之は低い声で言い、令也は涙目でうなずく。

「はあっ、あ……っ、あ」

少しずつ少しずつ、鷹之のものが体の中に入ってくる。圧迫感にきつく眉を寄せ、顎を上げて令也は喘いだ。

こんな角度で突き立てられることに慣れていないし、初めての体勢に怖さもある。

それなのに鷹之を欲しがる自分の体は、やはりどこかおかしいのだろうか。

ずず、と最奥まで自らの体重で深く貫かれ、令也の唇から甘い悲鳴が漏れた。

「っあ、あああぁ！」

ぎりぎりまで押しひろげられた粘膜の、特に敏感な部分に鷹之のものが触れ、わずかな刺激でさえ震えが走る。

「ひぅ、うっ、ん」

汗が伝い、足の間がぬるぬるして火傷しそうに熱い。吸い込む空気までもが熱く思えて、呼吸が苦しい。

それでも令也は、鷹之に感じて欲しかった。

熱を分かち合いたい。令也がどれほど鷹之を求めているか、わかってもらいたい。

「んんっ、あっ、ああっ」

一生懸命、自分から腰を使うと、体内で鷹之のものが大きさを増す。

「令也……お前の中、溶けそうだ」

「た、鷹之さ……気持ち、いい？」

朦朧《もうろう》としながら聞くと、鷹之は甘い声で囁く。

「ああ。すごくいい。お前がまさか……こんなに淫《みだ》らになるとはな」

鷹之の声に、令也は快感と羞恥で、半泣きになりながらも腰を蠢《うごめ》かせる。

「あなたの、せいです。た、鷹之さん、だけ。好きだから。大好き、だから……っああ！」

ふいに鷹之の手に自身を擦り上げられ、下から腰を突き上げられて、令也は悲鳴を上げた。

「やあっ！　だっ、駄目……あああ！」

達して先端から熱が零れる間にも、内壁を強く抉られる。

痴態に注がれる鷹之の視線を受け止めながら、令也は体内に熱い飛沫《しぶき》が弾けるのを感じていた。


鷹之の風邪がすっかり回復してから一週間後に、関係者用の映画の試写会が行われた。

主要キャストは真ん中の座席で監督や原作者たちと並び、令也は一番後ろの席で、期待と興奮に胸を躍らせてスクリーンを見つめる。

――……すごい。すごい、すごい。

内容がクライマックスに近づくにつれて鼓動は高鳴り、全身にざあっと鳥肌がたつ。

文字通り火花の散る鍔迫《つばぜ》り合い。耳の脇、ほんの数ミリをかすめていく銀色の刃と、それをひらりとかわす流麗な動き。

生々しい血しぶきが上がって殺伐とした場面のはずなのに、まるでとても素速い動きの舞踏のような、華麗とさえ思える殺陣《たて》。

CGも駆使された画面は大迫力で迫り、音楽も重厚で素晴らしく、壮絶なシーンを盛り上げていた。

今回鷹之が演じているのは『龍斉《りゅうせい》』という侍で、『俊之丞《しゅんのじょう》』は凜々しくきりりとした佇《たたず》まいだったが、『龍斉』は風格と気品のある静、そして狂気と迫力に満ちた動をあわせ持った、圧倒的な存在感を漂わせる人物に仕上がっている。

――でも、すごいのは……鷹之さんだけじゃない。

令也が驚いたのは、コネと枕営業でのし上がったと聞かされていた宮岡の、凄まじいまでの演技力だった。

目を血走らせ、歯をむき出して斬り結ぶ侍の姿に、先日のちゃらちゃらした面影は微塵もない。

この人はなりふり構わないところがあるが、それはあくまで表舞台に立つチャンスが欲しいだけで、本気で人生を芝居にかけているのだな、と実感させられる。

やがて映画が終わり、客席に明かりがつくと、わあっと一斉に拍手が起こった。

中央で監督と鷹之が握手をし、そのすぐ近くに宮岡もいる。

誇らしげに頰を赤くした宮岡が、令也にはなんだかとても眩《まぶ》しく見えた。

そして鷹之の周囲にいるその他の人々にも、自然と目がいく。原作者、脚本家、スタイリスト、カメラマン、それぞれの職業の一流の人たち。

――それに比べて俺は……宮岡さんの言うようにただのファンだ。

宮岡と鷹之が一緒に寝室にいることとくらいでヤキモキしたり、嫉妬して嫌味を言われたなどと考えていた自分がとても小さく、くだらない人間のように思えてしまう。

そういえばこの頃鷹之は令也でなく、高井にあれこれ相談しているのをよく見かけるようになっていたのだが、原因はそこにあるのかもしれない。

高井であればまったくの素人である令也と違い、演技の基本的なことはわかる。それに業界についても詳しいに違いなかった。

――虫の俺じゃ、なんにも役に立たないか……。

その試写会の夜。鷹之は自宅のカウンターに座り、令也は正面に立って給仕をしていた。

もともとクラブで仕事をしていたから、ハイボールの氷を削ったり、シンプルなカクテルなどは作れる。チーズと生ハムなど、簡単なつまみも用意した。

鷹之はバーボンのロック、令也は甘いリキュールのソーダ割りのグラスを手にして、軽く触れ合わせる。

「映画の成功を祈って」

鷹之が言い、カチン、と小気味よい音が響く。

令也はグラスを傾ける鷹之に、前にも増してうっとりと見惚《みと》れてしまっていた。

あの素晴らしい試写会の後に、こうして主演の鷹之と祝杯をあげられるなど、信じられないくらいに幸せだと思う。

しかし令也の心はこのところずっと乱れ、焦燥感や危惧《きぐ》を抱いていた。

前ならば、こうして二人きりになると時代劇談義に花が咲いたものだが、今夜も鷹之は令也に対して口数が少ない。

当初は、映画へのプレッシャーなどもあるせいだと思っていたが、試写会まで終わってそれはないだろう。

令也もまた、あまりに鷹之が好きな想いが大きくなって、動作も口調もぎこちなくなってしまっている。

かつては平気だったことがものすごく気になったり、大したことは言われていないのに深読みしたりしてしまう。

ファンだった頃の『好き』と、血肉を伴った恋は、明らかに違っていた。

カラ、と鷹之のグラスの氷が溶ける音がした。沈黙に耐え切れずに、口を開く。

「あ、あの。すごかったです、今日の試写会」

「さっきも聞いた。何度目だ」

穏やかな声だったが、失敗した！　と令也は慌てていた。もっと自然に、気の利いたことを言わなくてはと気ばかり焦るが、言葉がうまく出てこない。

単なるファンの頃なら、はしゃいでぺらぺらと今回の映画について語り倒すところだが、鷹之の目を見ているとドキドキして胸がいっぱいになってしまうのだ。

それでもなんとか会話をしようと、舌を噛みそうになりながら言う。

「え、えっと。あの。俺って役に立ってますか」

出てきたのは、我ながら唐突な言葉だった。

「うん？　どういう意味だ」

「あ……あの。だからその、俺は鷹之さんにとって、ど、どんな感じなのかなって」

ますます変なことを言ってしまったが、これは以前から令也が感じていたことだった。

鷹之はしばらく沈黙し、視線を逸らした。いい返事であれば即答してくれるはずだ。

「す、すみません、やっぱり言わないでください」

「……なんでだ」

「あの、心の準備ができてないですし、そのうち気が向いたらでいいです」

あわあわと令也が言うと、鷹之はあっさりうなずいて、口をつぐんだ。

――やっぱり、聞かないほうが。はっきりさせないほうがいいのかもしれない。

差し出された空のグラスを受け取り、新しい氷を入れながら令也は考える。

鷹之を困らせるようなことはしたくない。恋人なのだと思っていたら、きっととっくにそう言われているだろう。

――俺は側にいられれば、それでいいんだから。贅沢は言っちゃ駄目だ。

鷹之は再び黙ってグラスを傾け、令也も無言でカクテルを口にする。

自分は今、幸せなはずだ。大好きな人とこうして時間を共有できている。それなのに、どうして気持ちが塞ぐんだろう。

今日の試写会も素晴らしかった。鷹之のことが、誇らしくてたまらないのになぜ気が塞ぐのか。

そこまで考えて、令也はハッと顔を上げる。

――だからだ。鷹之さんがあまりにもすごすぎて。俺があんまりにもちっぽけで、だからすごく不安なんだ。

これは普通の相手に対する恋ではない。令也はようやくそれに思い至っていた。

鷹之は自分だけでなく、ものすごく大勢の人間の憧れの対象であり、人気芸能人なのだ。もしも鷹之の気持ちがこちらを向いたとしても、それでまとまる関係ではない。

こんなに立場の違う相手をどれだけ想ったところで、成就《じょうじゅ》などすることがあるのだろうか。

たとえ鷹之が認めてくれても、周囲がそれを許すとは思えない。

けれどそう思っても、恋い慕う気持ちを止めることなどできなかった。

「どうした」

頬を強張らせる令也に、鷹之が聞いてくる。

グラスを片手にこちらを見つめる姿は、まさに恋愛ドラマの一場面だ。指先から髪の流れまで、些細な仕草がいちいち絵のように格好いい。

それに引き替え令也は、両手でグラスを握り締め、汗をかきながらもつれる舌であたふたと言い訳をする。

「ど、どうもしないです。リキュールがその、少しきつかったかなって」

「カシスか。ジュースみたいなものだろう」

「そうなんですけど、濃すぎたみたいです」

こうして間近で話せる幸せと、いつまでもこんなことは続かないのではないかという懸念が、令也の心を重くしていた。

鷹之もなにか考えていることでもあるのか、会話は相変わらず弾まない。

何度かの長い沈黙の後、つぶやくように鷹之が言い、令也はグラスを受け取る。

「そろそろ寝る」

「はっ、はい。明日は十時から取材がありますから、九時に起こします」

「ああ、頼む」

今夜は別々に寝るらしいと、鷹之の態度で令也は察した。やはりどこか他人行儀な気がするのは、考えすぎだろうか。

単にファンだった頃も緊張はしていたものの、今よりもっと普通に接していたし、告白する前、鷹之は気軽に令也を誘って一夜を共にした。

最近体を重ねたのは、令也から鷹之を欲しがった風邪のときだけだ。もしかして、重たい厄介な相手と思われ始めていたらどうすればいいのだろう。

あくまで想像でしかないのだが、恋心を自覚してからというもの令也の心はものすごく神経質に、不安定になっている。

グラスの片付けを終えた令也は、すでにベッドに入ったであろう鷹之の寝室の前にいき、じっとそのドアを見つめた。

薄暗い廊下で深い溜め息をつき、ドアに額をそっと押し当てる。

こんなに近くにいるのに、鷹之の心が遠くにいってしまったように思えて仕方がない。このドアを開けて今夜も一緒に眠りたい、想いのままに抱き締めたいと思っても、とても実行には移せなかった。

――鷹之さんの仕事を考えたら、これ以上近づいちゃいけないんじゃないのか。俺は初恋だと舞い上がってしまったけれど、それは鷹之さんや事務所に対して、ものすごく迷惑になることかもしれない。

漠然としていた不安が、考えるうちに形をとり始めていく。

――告白なんか、しなければよかった。

長いことドアの前に立ち竦みながら、今後自分が鷹之を好きになればなるほど苦しむのではないかという予感が、令也をとらえて離さなかった。

試写会から数日後、令也の不安に追い討ちをかけることがあった。

マネージャーに話があるからと、事務所の一室に呼び出されたのだ。誰もいない個室をわざわざ使うなど、よほど話しにくいことらしい。

テーブルを挟んで折りたたみ椅子に座った令也に、言いにくそうに咳払いをしたマネージャーは、眼鏡をかけなおしてから話しだす。

「実は、鷹之さんと令也の関係についてなんだけどさ」

「……はい」

ずっと以前から知っていたはずなのに、今更なんだろう、と令也は焦燥感にドキドキしながら返事を待った。

「最近なんていうか、露骨なんだよな」

「えっ、そっ、そうですか？　露骨って、あの、なにがどんなふうに」

急激に熱くなった顔で、しどろもどろになりながら聞く。

「うーん。まず令也が変わった」

「はい？　俺？」

「鷹之さんの隣にいるとなんだかこう、なまめかしいっていうかな。色気がすごい」

はあ？　と令也は口をあんぐり開けてしまった。

「な、なんかそれは沢村さんの錯覚というか、思い込みじゃないですか？」

いやいや、とマネージャーは首を振る。

「オフィスＤの高嶋さんだって、だからこそ食いついてきたんだろ。そもそもあの人は、よりどりみどり選べる立場にいるんだから。その中で令也を選んだのには、それなりの理由があるんだよ」

理由と言われても、と令也は困惑して、自分の腕や足を見る。特に以前となにかが変わったようには見えない。

「見てわかるもんじゃないけど、フェロモンてのかなあ。仕草とか、目つきとかがね。最初に会った頃は顔は可愛くても、雰囲気はオタクっぽくて垢抜けなかったのに」

苦笑するマネージャーに、令也は首をひねるばかりだ。

「で、でも、そうだとしてそれを俺にどうにかしろって言われても」

「そりゃそうだろうな、無意識のことだろうし。それに一人で出歩くときは、なにも問題ない。問題なのは、鷹之さんといるときだ」

「鷹之さんの側にいるとき、ですか……」

「うん。この前の試写会の後に話してるきみらを見て、あの付き人と日暮鷹之はできてるのか、って聞いてきた関係者がいるんだよ」

「ええっ！」

ぎょっとして令也は、大声を出してしまった。

「ただ話してるだけで、そんなのわかるものなんですか」

「実際、当たってるからなあ。もちろん勘違いだと否定はしておいたが、鼻の利く記者にでも気がつかれたら厄介だ。鷹之さんは今、大事なときだってわかっているだろう」

令也は表情を引き締めてうなずいた。

人気俳優とはいえ、ずっと立場が安泰などという保証のない世界だ。初主演の大作映画が成功するか否かは、今後の鷹之の仕事の幅を決める大きな指針になるだろう。

マネージャーは複雑な表情を浮かべ、言いにくそうに切り出す。

「それで確認しておきたいんだけどさ。鷹之さんのほうはこういうの慣れてるし、問題ないと思うんだけど、令也はつまり……本気ってわけじゃないよな？」

「え……」

思いがけない質問をされて、言葉に詰まった。本気に決まっているではないか。

鷹之や長谷川たち、マネージャーは、寝るくらいなんてことはない、という対応をしていたが、当初から令也にとっては異常事態だった。

キスひとつにしても、誰とでも簡単にできることではない。ましてや男同士で気持ちもないまま性欲だけに走るなど、令也にはまったく理解できなかった。その気持ちは今も変わらない。

答えられずにいる令也に、マネージャーはがりがりと頭をかいた。

「俺も事務所も鷹之さんと付き人の関係を黙認してきたのは、へたな風俗より秘密厳守が徹底されるからだ。くれぐれものぼせ上がって、別れるときに修羅場を演じる真似だけはしないでくれよ」

「……わ、別れるときって……」

「万が一鷹之さんが本気になったところで、きみたちに結婚という収まるべき鞘《さや》はないんだ。いずれ関係を清算しなければならないのは当然だろう」

――やっぱり……やっぱりそうなんだ。

このところ、ずっと密かに思い悩んで危惧していたことを直球で指摘され、淡々と諭されて、返す言葉が見つからなかった。

神妙に佇んでいる令也に、マネージャーは気の毒そうな顔つきになる。

「まあ、今すぐやばいってことはないけど。その辺のこと、よく頭に入れて行動するようにね。頼んだよ」

「わ……わかりました……」

――自分のことなんかで、絶対に迷惑はかけられない。付き人に徹して、なにが一番いいことなのか考えないと。

鷹之に、お前だけは信じると言われた。

それが嬉しくて、幼い頃から憧れていた人への恋心を受け入れてもらえるかもしれない、などと一縷《いちる》の望みを抱けたのは一瞬のことだった。

今はもう、現実としての自分と鷹之の関係には様々な問題があるとしっかり認識している。

スキャンダルは絶対に駄目だ。もっとも鷹之の過去にそうした話題がまったくなかったかといえば、そんなことはない。

二度ほど人気女優との熱愛報道があったが、いずれもタイミングからしてドラマの宣伝のようなものではないかと思っていたし、実際にそうだったたと最近になって鷹之から聞いた。

それらの報道は、まったく鷹之のイメージダウンにはならなかったが、相手が自分となると話は違う。

もし令也が単なるファンだった頃、鷹之に男性の恋人がいるなどと知ったら、そのショックは凄まじいものだったと想像できる。

――鷹之さんには大女優か……それとも一般人の深窓のお嬢様とかが似合うと思ってた。そういう人との恋なら応援したいなって。

少なくとも、俺じゃ駄目だ。

令也は日暮鷹之ファンとして、自分自身に駄目出しをするしかなかった。


「……で、ここで俊之丞が気がつく、振り向いて下からのアップ！　……かっこいいよな、やっぱり。照明さんの腕も光ってるし」

ここしばらく令也は空いた時間ができると、地下室のライブラリーにこもっていた。

悩み事があると映像の世界に逃避するのは、もはや習性のようなものかもしれない。

実際その効果は絶大で、画面を見ている間はなにも考えずにすっかり夢中になっていられた。

オフである今日も、朝から地下室にこもって十年以上昔の時代劇の世界に浸っていたのだが、ドアをノックする音に、令也はハッと現実に連れ戻される。

「またここにいたのか、令也」

「あ……は、はい」

入ってきたのは鷹之だった。このところ鷹之は、またなんとなくかつてのように不機嫌そうなことが多い。

それでも鷹之が近くにきただけで、部屋の空気までもが変わったように令也には思えた。やはり画面で見るのとはまったく違う。

鷹之はモニターの前で体育座りをしている令也の背後にずかずかと歩み寄ってきて、顔をしかめてこちらを見下ろしてくる。

「朝から姿を見せずになにをしてるのかと思えば、せっかくのオフにまた地下室に潜って過ごすつもりなのか」

「……すみません。でも、すごく面白くて」

本当の理由はそれではない。時々鷹之は、オフの日には外出しようと令也を誘ってくれたのだが、ことごとく断っていた。

鷹之が不機嫌なのもそのせいかもしれないし、もしかしたらこのところぎくしゃくしている二人の関係の、軌道修正をしたいと思ってくれている可能性もある。

しかし令也は、マネージャーの言葉が気になって仕方がなかった。側にはいたいが、周囲の目があるところにはいきたくない。

「あの。……もしよかったら、鷹之さんも一緒に観ませんか」

「この前も観ただろう。お前いったい、何回観ているんだ」

「この前観たのは、たった二話じゃないですか。まだまだいっぱいありますよ」

　オタクに付き合っていられるか、とぶつぶつ言う鷹之の機嫌を本格的に損ねないうちにと、令也は仕方なくスイッチを切った。

「ええと、そろそろお昼の時間ですよね。なにか作りますか」

「いや。外に食いにいくぞ」

「あ……でも」

　マネージャーの言葉を思いだして躊躇《ちゅうちょ》した令也だったが、近場の店で昼食を食べるくらいなら大丈夫だろうと考え直す。それにこの程度は応じないと、本当に鷹之を怒らせてしまいそうだ。

「い、いきます。すぐ支度しますから」

　急いで立ち上がり、鷹之の後を追って地下室を出る。

　周囲の目をとても気にしだした反面、まだ半信半疑でもあった。

　本当に自分などと鷹之になにかあると、無関係の人が見て気がつくものだろうか。

　それこそ手でも繫《つな》いでいない限り、男同士がどんなに仲よくしていても、疑うほうがおかしいと思ったりもする。

　ところがよく利用する洋食店で昼食をすませ、会計をしようとレジに立ったとき。

「令也、ちょっと」

「はい？」

　鷹之は顔を近づけて、令也の頬についていたらしいまつげを取ってくれる。

「あ、ありがとうございます」

礼を言ってレジに向き直った令也は、レジの女性が一瞬にして真っ赤になり、なんとも言えない目つきをしていることに気がつく。

なんだろう？　と気にしながら店を出てドアを閉めた瞬間。

ガラスのドア越しにも聞こえる声で、きゃーっ、というはしゃいだ悲鳴が聞こえてきた。

もしかしたらドアを閉めたとき偶然に、なにかハプニングが起きたのか、鷹之を間近に見たということで興奮したのかもしれない。

けれど何度も通った店で、今さらそんなことで大きな声を出すだろうか。

――もしも、顔を近づけたのが変に思われたんだったらどうしよう。

駐車場に向かう鷹之の後ろを歩きながら、令也はごくりと唾を飲んだ。鷹之はそんな一幕に気がつきもしなかったのか、明後日の方向を見ながら言う。

「……令也。せっかく外に出たんだ。これから海にでもいかないか」

「ええっ、う、海ですか」

思いもよらない誘いに、令也はびっくりして動揺する。鷹之はなんともいえない微妙な表情をして、令也のその様子をちらりと見た。

「ああ。……なにか変か。今の時期なら浜辺に人も少ないだろうし……茶でも飲んでいれば夕日の綺麗な時刻になる」

まさかそんなロマンティックな提案をされるとは思っていなくて、令也は慌ててふためいた。

本音を言えばものすごく嬉しい。しかし男二人で浜辺で夕日を眺めるというのは、客観的に見てどうなのだろう。普通のことなのか、違うのか。

いやそれより、そんなシチュエーションにおかれたら、こちらが鷹之の魅力にさらにのめり込んでしまいそうだ。

「えっ、えっと、あの。……少しその、疲れてるんで……今日はパスさせてください」

言ってから、誘ってもらったのに断ってしまった罪悪感に、令也の心は重く沈む。

「……そう言うと思った。今日も、だろう」

鷹之が溜め息まじりに言い、令也は嫌われたのではないかと身の細る思いだったが、それ以上に心配なことがあった。

「すみません、本当に。そ、それから、さっきの。ああいうのはまずいと思います」

「うん？　煮込みハンバーグか？　俺は美味かったぞ」

「ちっ、違います、つまり顔はなるべく近づけたりしないほうが」

「意味がわからないな、顔になにをくっつけてるんだと見ただけだ」

まったく頓着していない鷹之は、さっさと運転席に乗り込んだ。

この頃では私的に出かける場合は、鷹之が運転することが多い。

「変に思われたらどうするんですか」

「……変？　俺がお前に気安くするのがおかしいか」

「そうじゃなくて。男性が男性に顔を近づけたら、普通はおかしいじゃないですか」

「普通じゃないと、なにか問題があるか？」

また機嫌を損ねてしまいそうだと感じて、令也は首を竦めた。

「……鷹之さんは周囲の目が気にならないんですか」

「ゴミをとっただけだぞ。人混みで騒がれたり写真を撮られるのはごめんだが、いきつけの店の店員まで気にしていられるか」

「だ、だけども……その、俺のことが噂になったりしたら」

口ごもる令也に、鷹之はぴしりと言った。

「そんなことで人気が落ちたら、それまでの役者というだけの話だ。もしそのせいで俺と外出もできないと言うなら、お前は俺をみくびっている」

図星をつかれてしまい、令也にはもうなにも言えない。マネージャーに、色気が出てきたから気をつけるよう言われたんです、などとは恥ずかしくてとても口に出せなかった。

むしろ自分が意識しすぎではないかと思えてくる。

おそらく恋愛慣れしている鷹之にとっては、自分とのことは大した問題ではないのだろう。だから外でも気軽に振る舞えるし、海に誘ったりもするに違いない。

「みくびってるわけないじゃないですか。誰にも負けないくらい鷹之さんのマニアを自負してるんですから」

「じゃあ俺の誘いを断るのは、ひたすら地下室にこもっていたいからか？」

「まあ……そんなところです」

追求されて、令也は仕方なくうなずいた。実際、鷹之に迷惑をかけたらとびくつきながら外で過ごすより、なんの心配もない夢の世界に浸っていたいのは事実だ。

「あそこは俺にとって宝島ですから。小道具見てるだけでもわくわくしますし、映像ならなおさらです」

「実物の俺よりもか？」

「えっ。い、いえ、そんなわけはないですけど」

令也が答えると、二人の間に沈黙が落ちる。

「もういい。帰るぞ」

短く鷹之が言い、車に向かう。令也は気まずさに俯きながら、その後に続いた。

なんだか日に日に、鷹之との距離が開いていくように思えて仕方がない。

その日の夜。

「令也。鷹之さん出かけるから、運転頼む」

またも地下室にいた令也に、マネージャーから声がかけられた。

「あ、はい。この時間だとお酒でしょうか」

「ああ、クラブらしい。最近では珍しいな。車の中でラブシーンなんか披露しないように、くれぐれも気をつけてくれよ」

うなずいて、令也は渋々立ち上がったのだった。

「俺、車の中で待ってたら駄目ですか」

会員制の高級クラブの駐車場で、令也はハンドルにしがみついていた。

令也がこの手の店を場違いに感じて苦手なことは、鷹之もよく知っているはずだ。

しかし鷹之はシートベルトをはずしながら、仕事だ、と厳しい声で言う。

車の中でもほとんど無言で相当に機嫌が悪かったようだから、ここは素直に従うしかないだろう。

がっくりと令也は肩を落として、すらりとした長身の後ろに続く。

この店は、かつて鷹之と訪れたのとは別の高級ナイトクラブだったが、雰囲気はとてもよく似ていた。

鷹之はワインカラーのビロードのソファに座り、両側に女性をはべらせる。

「令也はそこに座れ。暇なら夕飯でも食っているといい」

「あら可愛らしい方。鷹之さん、私たちには紹介してくださらないの」

高々と髪を結い上げた、明るい感じの女性がメニューを渡してくれる。

にっこりと笑いかけられて、思わず令也も小さく笑い返したが、鷹之はフンと鼻を鳴らした。

「ただの運転手だ。まだ子供だから放っておけよ」

「そんなこと言って。それじゃあなぜ連れてこられたの」

「社会見学だ。そんなことより、口元にホクロのあった子はもうやめたのか」

「いいえ今もナンバーワンよ、指名されます？　鷹之さんは本当に名前を覚えてくださらないんだから」

いい香りをまとった女性二人が、左右両方から鷹之の耳元に紅い唇を近づけて囁く。

ロングの黒いスリットドレスから、白い足が時折ちらちらと見えていた。

令也は目のやり場に困りつつ、露骨にふくれっつらをするわけにもいかずに、烏龍茶《ウーロンちゃ》を口にする。

「ねえ、大丈夫よ。こんなふうにしているけれど、鷹之さんは私たちなんかお人形程度にしか思っていないんだから」

「えっ！　あっ、はい……？」

突然ホステスの一人に話を振られて、令也はびっくりして顔を上げた。

「余計なことを言うな」

鬱陶しそうな鷹之にホステスは、だって、と続ける。

「すごく悲しそうな目をしてるんですもの。こっちの胸が痛くなってきちゃう」

「別にあの、俺は本当に単なる運転手ですから。お気遣いなさらないでください」

令也は言って、美女に挟まれている鷹之から目を逸らし、ごしごしと顔をこすった。

――やばいやばい、そんなに顔に出ちゃってるのかな。

まだ席に着いたばかりなのに、あと何時間この試練が続くのだろうと時計ばかり見てしまう。

前のようにペット扱いで隣に座らせられるのも困ったが、女性と親しげにするのを見せ付けられるのも、これはこれで辛い。

――鷹之さんが怒るのも無理はないってわかってる。海に誘ってくれたのに、俺が断ったんだから。昼間に俺と出かける以外の気晴らしっていうのが、もともとこういうクラブか買い物ぐらいだったみたいだし。

それにしても綺麗な女性たちだなあ、と令也はまるでクリスマスの日にマッチ売りの少女が、明るく暖かい誰かの家の窓をのぞいているような寂しい心境で思う。艶《あで》やかで、上品で、会話も滑らかだ。

ふと宮岡が、鷹之の周囲は光だらけだと言っていたのを思い出す。

以前の鷹之は他人に心を閉ざしていたから、ホステスという職業の女性たちを単なる人形とでも思っていたかもしれない。

でも今ならば、改めてその魅力に気がついたりするのではないだろうか。

ただでさえ沈みがちな令也の心は、どんどん暗い深みに落ち込んでいく。

――俺に好意的な気持ちを持ってくれていたら、少なくともこういう店には連れてこないはずだ。やっぱり鷹之さんにとって俺は……夜の相手もする付き人の中の、お気に入り、くらいの位置なのかな……。

多分、鷹之は恋愛に関する微妙なバランス感覚がとれていて、駆け引きにも慣れているのだろう。男の付き人を相手に、本気の恋愛などをしたら仕事の支障になるに決まっていた。

だからほどほどに楽しみ、深いつき合いにはならないようにしていると思われる。

鷹之がこれまで演じたいくつもの恋愛ドラマの、様々なシーンが令也の脳裏に再現されるが、それはいずれも憎らしいほどにクールで格好よかった。

一方令也は、まるで嵐に巻き込まれたように混乱してしまっている。バランスをとるどころか無重力空間で上下もわからなくなり、じたばたしている状態だ。朝目が覚めた瞬間から眠るまで、鷹之のことしか考えられなくなっていた。

――天秤に俺と鷹之さんの気持ちを乗せたら、俺のほうの皿は地面にめりこんでるはずだ。きりきりと胸が痛くなってくる。そのときふいに電子音がして、鷹之は携帯電話を取り出し、画面に目をやった。

「高井か」

かすかに鷹之の唇がそう動いたのが、令也にはわかった。

マネージャーではなく、高井から鷹之に連絡するなど珍しいこともあるものだ。不思議に思っていると、鷹之は席を立って廊下へ出ていく。

――メールですまないことなんだろうか。それにこんな時間に。

「握り寿司、お待たせしました」

「あ、すみません」

バーテンがひざまずくようにして箸と器をテーブルに置いてくれて、令也は恐縮してしまった。

「あの。メニューにあったんで頼んでみたんですけど、ここでお寿司まで作ってるんですか？」

尋ねると、バーテンは愛想よく答える。

「いいえ。ほとんどの料理は外から出前をとっています。一流店のお寿司ですから、堪能なさってください」

そうなんだ、と納得して、令也は早速食べ始める。お腹が空いていると、余計に気持ちが暗くなるものだ。

けれどお腹がいっぱいになっても、気分は浮上してくれない。戻ってきた鷹之はまたも見せ付けるようにしてホステスたちと楽しそうにしているし、高井からの連絡がなんの用事だったかも言わないからだ。

こんなふうにしていると、互いにきつく抱き合った夜のことが、錯覚だったのではないかと思えてしまう。

――もしかして、もう飽きられてきてるとか。

自分で思い浮かべた想像は、思いのほかダメージを与えてくる。令也はふるふると頭を振った。

勝手に避けて怒らせて、なにも始まってもいないない上に飽きられてると思うなんて、被害妄想もいいところだ。

ひたすらちびちびと烏龍茶を飲みながら、令也は不快な時間にじっと耐えていたのだった。

「ああ……癒される……」

帰宅した令也はシャワーを浴びると自室ではなく、一直線に地下室のライブラリーに向かっていた。

大画面に映る俊之丞と、そのバックにかかる挿入曲に心が洗われるようだ。

画面の前にいつものように、膝を抱えてちんまり座る。

子供の頃からそうだった。いやなことや辛いことがあると、こうして鷹之の演じる時代劇が令也のことを助けてくれた。

これでまた元気な自分になれる、とにこにこと映像に見入っていた令也だったが時間がたつにつれ、その表情からゆっくりと笑みが消えていく。

——駄目だ。

令也は俯き、膝の間に顔を埋めた。

映像に没頭していたいのに、気がつくと現実の鷹之のことを考えてしまう。

もう画面を観ているだけでは、この胸の中のもやもやした思いは消えてくれない。

鷹之が大好きだ。生まれてこのかた、ここまで激しい想いを他人に抱いたことはない。

これがごく普通の社会人や学生の男女であったら、ひたすら相手の気持ちにやきもきして気を引いたりデートに誘ったり、どうアプローチをするかを考えるだけで頭の中はいっぱいだろう。

気持ちを自覚したばかりの頃は、令也もそうだった。

しかし鷹之と自分の関係はどう頑張っても、普通には進展していかないものだということが、今ならよくわかる。

令也はもっと、仕事として割り切って鷹之と接するべきだった。ベッドを共にするのも、一時的な遊びだということをよくわかっていなくてはならなかったのだ。

ところが割り切るなどという、そんな器用な芸当はできない。

令也自身は意識していなかったのだがマネージャーに言われたように、以前とは鷹之を見る目が端から見てもわかるほど違っているようだ。

初めて会ったホステスにさえ、悲しそうだと指摘されてしまった。

純粋なファンでいた頃や、付き人として働きつつペットのようにされていた当時とは違う、真剣に恋する目をしているのかもしれない。

確かに鷹之に触れるにしても声を聞くにしても、この想いが恋愛だと自覚する前と後ではまるで別のもののように思えた。目敏い人には、そんな令也の心の中が丸見えになってしまっているのではないか。

——怖い。俺は上手に悟られないようにして、恋愛なんてできない。

恋愛の経験値などないに等しい上に、あまりにも鷹之に対する想いは強かった。

令也はごろりと床に横になり、体を丸める。横たわったまま、ぼんやりと画面に視線を向けた。

映像の中の鷹之は、なにも変わらずに颯爽《さっそう》と刀をふるい、凛々しく台詞《せりふ》を言う。

——やっぱり俺にはこっちの……架空の俊之丞や龍斉のほうが向いてるのかな。厳しい現実より、楽しさを保証してくれる画面のほうが……。

人気芸能人。業界。週刊誌。スキャンダル。同性愛。

そうしたことを考慮し、計算し、周囲に気を配って立ち回ることなど自分には不可能だ。無理をとおして、もしも鷹之の仕事に致命的な傷をつけてしまったらどうすればいいのか。

令也はずっと、鷹之の見せてくれる『俊之丞』の世界に現実逃避しながら生きてきたようなものだった。

生身の鷹之を知り、キスも恋もいきなりすべてを教えられた。その前まで、現実の恋のことなどなにも知らなかった。

――俺は……ただのファンでいるのが相応しいのかもしれない。

こんな辛い気持ちや悩みは、ファンでいた頃にはなかった。

どうしていいのかわからない混乱と苦しさに、令也はきつく目を瞑る。

「またか」

「っ！」

突然ドアが開けられて、びっくりして令也は上半身を起こした。

首をひねって仰ぎ見ると、仏頂面の鷹之が立っている。

「も、もう寝たんじゃないかと思ってました」

「俺はお前と寝たいと思ってた」

「え？　……ね、寝たいって、それは」

「そういう意味の寝たいに決まっているだろうが」

背後にしゃがんだ鷹之は、肩ごしに溜め息交じりの声で言う。

「地下室通いもいい加減にしろ。何度も何度も……まるで中毒にでもなってるみたいじゃないか」

「そうなのかもしれないです。子供の頃からこんなでしたから」

「簡単に認めるな。……令也お前、俺がホステスといるのを見て、どう感じた」

思いもよらないことを急に聞かれて、令也は眉を寄せる。

「どうって言われても。あ、あの、個人的には前のお店より、今回のお店の女性のほうが感じがよかったです」

「……他には」

まだ完全には、店で飲んだアルコールが抜けていないのかもしれない。なぜそんなことを聞かれるのかわからないまま、機嫌を損ねまいと令也は必死に考える。

「ええと、スリットから足が見えて、困るなって……っあ！」

つう、と背中を鷹之の指が伝って、びくっと令也の体が跳ねた。

「それから？」

画面の明かりしかない薄暗がりの中、鷹之は令也の腰を足の間に挟むようにして背後に腰を下ろした。

背中に鷹之の胸がぴったりとくっついて、どくんどくんと、激しく令也の心臓は高鳴り始めていた。

「そ、それから……、ん、う」

悪戯な指先が、投げ出された令也の足や腰の感じやすいところをくすぐるように動いた。

ファンでいるほうが相応しい、などと頭では思ってみても、体は正直だ。ほんの少し触れられているだけなのに、快感を教え込まれて、いとも容易《たやす》く火がつけられてしまう。

――まともに恋愛なんかできないくせに、体ばっかりこんなになって。なんてみっともないんだ、俺は。

「んん、た、鷹之さん、や……っ」

シャツの間に両手が入ってきて、素肌の上を鷹之の手のひらが滑る。つ、と指先が胸の突起に触れて、令也は顎を反らせた。

「画面を眺めてるのとこっちと、どっちがいい」

「っひ！　あ、ああ」

きゅう、と両の突起をきつくつままれる。

「いっ、やっ、あ」

最初は刺激されても痛かっただけのそこは、今では甘い痺れが走ってしまう。中指と親指で強く挟まれ、突起の先端を人差し指の腹でそっと撫でるような動きが繰り返された。

「んぅ……ん、も、やだ、いや」

焦れったい疼きに、令也はいやいやと首を振る。ジーンズの中の自身がきつく張り詰めてしまっていて、それが布越しにもわかる状態になっているのが恥ずかしい。

涙でぼやけた目の前には、画面の中の『俊之丞』がいる。

「まるで見られているみたいだろう。恥ずかしいか」

耳元で鷹之が、意地悪に聞いてくる。必死にうなずくと、鷹之は低く笑った。

「案外、観ながら自分でもこんなことをしていたんじゃないのか」

「なっ！　そんな、こと……っ、あ」

令也にとって『俊之丞』が、そんな対象になることなどありえない。

けれど鷹之はどこまで本気かはわからないが、信じようとしなかった。

「だったら俺が当時の衣装を着て犯してやろうか。そのほうが感じるだろう」

「やっ、ああ！」

ぎゅ、と爪の先で突起を押し潰すようにされて、令也は悲鳴を上げる。

「や、もう、こんなの、いやです」

途切れ途切れに懇願するが、鷹之は片方の手を令也の下腹部に滑らせた。

「こんなにして、なにがいやだ。時代劇の画面相手に興奮するなんて、意地汚くてどうしようもないな、お前は」

——ひどい。ひどいけど、でも意地汚いのは本当だ。

下着ごとジーンズを下ろされると、映像の青白い光だけが勃ち上がった自身を照らす。

それは普通の明かりや暗がりで見るよりも、ずっといやらしい不埒《ふらち》なもののように見えた。

「け、消して……」

リモコンを置いた床を震える手で探るが、背後から拘束されているような状態では見つけられない。

「消す必要はないだろう。こっちは喜んでるじゃないか」

「あ！」

勃ちきったものの先端に鷹之の指先が触れ、ちゅ、と粘着質な音がした。

「下着も濡らしたんじゃないのか。床にもきっと零れてる。……いけない体だ」

「す、すみませ……っ、あ、あっ」

罪悪感と羞恥で、令也は半泣きになっている。それなのに体はますます昂っていて、どうしていいのかわからない。

――だって、鷹之さんの手だから。鷹之さんの体温を感じて、声を聞いているからこうなるんだ。

と、ぐいと頭を後ろに倒された。その唇に、嚙み付くように鷹之の唇が被さってくる。

「んう、う、ん」

そうしながら鷹之の片方の手は、根元から優しく令也を追い上げてくる。

鷹之にであれば、体のどこに触れられても意識してしまうのに、すでに張り詰めているものを刺激されてしまうと、堪えようがない。

「っあ！　やああっ！」

びくびくっ、と二回大きく腰が跳ね、令也は達してしまっていた。

はあはあと肩で息をする令也を、鷹之はまだ背後から抱き締めたままだ。

目の前の画面では、時代劇がクライマックスの場面を迎えていた。いつもなら夢中になるシーンが、意味のない環境ビデオのように涙でかすんだ令也の目にぼんやり映る。

――ただの虫のくせに。体ばっかりやらしくなって。

泣きたいような思いでいると、鷹之が耳に唇を寄せてきた。

「……令也。俺はそんなに寛容じゃない。できた人間でもない」

「え……？」

「それでもお前は俺を好きだと言った。あれは嘘だったのか？」

「そ、そんなわけないです。俺の気持ちに変わりはないですけど、でも……」

鷹之がどう思っているのかわからない。なんでこんなに意地悪なことをするのかも。

胸の痛みで言葉に詰まると、すうっと背中が寒くなった。鷹之が腕の拘束を解き、立ち上がったのだ。

手に力が入らず上体をぐらつかせて背後をうかがうと、鷹之はドアを開いて、振り向きもせずに出ていってしまう。

取り残された令也は呆然として、しばらく座り込んだままになっていた。

――――こんな場合に、どうするのがいいんだろう。喧嘩してるわけじゃない。怒られたわけじゃない。だけど、苦しくてたまらない。

どう考えても、鷹之の態度は以前とは違っていた。会話も上手く嚙み合わないし、どうすれば笑ってくれるのか、怒らないでいてくれるのかが不明瞭だ。

一緒にいても楽しくないし、前に公園にいったときのような和やかな交流も、ずっととれていない。

空気は重く息苦しく、胸になにかが詰まっているようだ。

それなのに体だけは、欲しくてたまらないと瞬く間に熱を持って反応する。

「なんなんだよ、これ。こんな……鷹之さんが言うとおりだ。やらしくて意地汚くて……」

大好きな人に、そんなふうに思われているのは辛い。けれど本当のことだ。

令也は唇を嚙み、急いで立ち上がると服の乱れを直して、キッチンに雑巾を取りに走った。

なにごとだ、とリビングにいた高井がこちらを見ていたが、無言で地下室へと戻って床の汚れを拭う。

エンディング曲が流れる部屋で床を綺麗にし終えると、令也は次のディスクを用意する。

混乱するばかりの現実から、いつもの世界に逃げ込んでいたかった。


秋になると、ついに鷹之主演の時代劇が封切られた。

映画は大盛況で、映画館には連日長蛇の列ができていると報道された。

一ヵ月が過ぎてもその熱気は収まらず、評判は高まる一方だ。

鷹之のもとには取材とテレビ出演の依頼が殺到し、以前から人気はあったが、今ではまさに時の人だった。

この日、取材と写真撮影に訪れたテレビ局の駐車場で、令也は車に乗ったまま待機していた。

鷹之との関係は相変わらずぎくしゃくしていて、令也はずっと悩んだままでいる。

と、コンコンと窓ガラスを叩く音がして、ハッと令也は顔を上げた。

「よう、羽虫」

「宮岡さん……」

窓を開けると宮岡は右ひじを曲げて窓枠にもたれるようにして、令也を見据える。

「今鷹之さんがどういう状況かってのは、わかってるよな」

真面目な顔と低い声で言われ、当然だと令也はうなずく。宮岡はうなずき返した。

「封切り直後の一過性のものじゃないし、ちょっとしたヒットでもない。この映画の高評価は国内に留まらないものになるって肌で感じる」

「肌で……？」

令也には理解できない感覚だが、宮岡は確信に満ちた目をしていた。

「これから当分、おそらく俺もだが、鷹之さんも狙われるだろう」

「ねっ、狙われるって、誰にですか」

驚く令也に、宮岡は呆れた顔をする。

「なんだよ、全然わかってないじゃねぇか。パパラッチだよ、パパラッチ」

「……写真……ですか」

呑気だな、と宮岡は溜め息をついた。

「こういう大ヒットが出た場合、しばらくは褒め称える話題で売る。その後は叩いて話題にしてもうひと稼ぎする。それでマスコミは二度美味しいわけだ」

「叩かれるときに、写真が使われるってことですか」

「いい写真が撮れればな」

宮岡は窓の中に顔を突っ込むようにして、声を潜めた。

「それに携帯が進化した今、すべての一般人もカメラマンでありライターだ。タレントのキャラにもよるが、鷹之さんの場合は男同士なんて致命的だぞ。間違っても外でいちゃついたりすんな。自宅の窓も気をつけろ」

「は、はい」

宮岡の深刻な様子に引き込まれるようにして、思わず令也は承知していた。

「よし。……それからな」

ちらりと宮岡は周囲を見回し、もう一度令也を厳しい目で見る。

「お前を悪いやつとは思ってない。素直だし、一途に鷹之さんを想ってるのはわかる。でも、もしバレた場合の覚悟ができてないなら、二度と寝るな。もしくは付き人をやめろ」

強い口調に、令也は息を飲む。

「な、なんであなたにそんなことを」

「俺は鷹之さんに……日暮鷹之という俳優に役者業の頂点にいて欲しいと思ってる。コネ的な意味でもだが、純粋に尊敬もしてる。ふわふわした甘ちゃんとの色恋沙汰で、キャリアに傷をつけて欲しくない」

ただのファンでいたほうが相応しいだろうか、と自分でも悩んでいた令也はうなだれるしかなかった。

「でも……色恋沙汰っていっても、鷹之さんがどう思ってるかわからないですし……付き合ってもいないのに別れようがないです」

「事実なんかどうだっていいんだ。どんな記事にされるかが問題なんだよ。お前、付き人でもありファンでもあるんだろ。自分のせいで鷹之さんに迷惑かけてもいいのか？」

そんなことはわかっている。まったく同じことを考えて、このところ令也は苦しんできた。それでも、どうしても側にいたいというのが本音だ。

「鷹之さんは、一人の体じゃない。お前だけのものじゃ……」

「わかってるんです、本当は俺も」

令也はすがるようにハンドルを握って、俯いた。

「とにかく外では、できる限り鷹之さんと親しげにしないようにしてます。見ないようにもしてます。だけど、鷹之さんがまったく気にしないから、俺も困って」

「ああ、飲み屋で隣にペットみたいにはべらせたりとか、あの人平気でするもんな」

令也は目を丸くして宮岡を見る。

「宮岡さんも……そういうことが、あったんですか」

「あの手の高級店は気にしなくていい。チェックも厳しいしテーブルは女だらけだし、酒の席で男がくっついてても意味深な絵ヅラにならないからな。ホステスたちもプロだ。お前みたいな純愛バカが一番なにかやらかしそうで、心配なんだよ」

そこまで言って、宮岡はすいと車から体を離した。

そして出入り口の方を見てぺこりと頭を下げる。令也がそちらを目で追うと、マネージャーと鷹之がこちらに向かって歩いてきていた。

「いいか、くれぐれも気をつけろ」

宮岡は言って、別方向へと歩いていく。

「宮岡くんがいたみたいだけど、なんか話してたの？」

助手席に乗り込んだマネージャーが聞いてきて、令也は曖昧にうなずいた。

「あ、いいえ。挨拶だけです」

バックミラー越しに鷹之の表情をうかがうと、窓の外を向いていて表情がよくわからない。令也は重苦しい気持ちを抱えて、車を発進させた。

途中、マネージャーだけが別件で用事があると車を降り、車内は鷹之と二人きりになる。

かつてであれば嬉しい状況だったのに、令也は空気がとても張り詰めているように感じた。

「おい」

声をかけられて、はいっ、と反射的にひっくり返った声で返事をする。

「……なんだって声をかけただけで飛び上がるんだ。最近、お前の考えてることが俺にはよくわからない」

「お、俺だって、そうです」

答えると鷹之は、バックミラー越しに腕組みをして考え込んだ顔をした。

「今日はこれから久しぶりに時間が空いている。前のように公園で、少し話さないか」

「公園ですか……」

令也は思わず顔をしかめた。できれば人目のないところがいい。

「俺はな、令也。お前と一緒に芝生でくつろいで、ホットドッグを食ったときのことを忘れられない。あれ以上の気分転換はないと思っている」

「でも、あの頃と今では鷹之さんの注目のされ具合が違います」

「……お前やっぱり、写真にでも撮られるのを警戒してるのか？　男の付き人と公園を散歩してどこがおかしい」

鷹之の言い分はもっともなのだが、マネージャーや宮岡に散々注意をうながされている令也は、どうしても尻込みしてしまう。

もしこの前の洋食店のときのように、些細なことで顔を近づけてその瞬間を撮られたりしたら、やはりネタにされてしまうのではないだろうか。

――だけど、いきたいな。公園。

二人でぽかぽかとした陽射しを浴びながら、芝生で寝転がれたらどんなに幸せな気持ちになるだろう。

花や緑を話題にしながら、爽やかな空気の中で並んで歩きたい。

本音ではそう思っても、令也の唇からは違う言葉が出る。

「あの、俺……それなら公園より……ク、クラブがいいです」

鷹之は意外そうな顔をする。

「クラブ？　お前、苦手なんじゃなかったのか」

「え、えっと。その。この前いったお店は、ホステスさんたちも感じよかったですし。バーテンさんも格好よかったから」

その方が二人きりにはならないし、付き人がいても不自然ではない。

鷹之はみるみる険しい顔つきになり、どかっと背もたれに体を預けた。ついに怒らせてしまったか、と令也の心臓はきゅっとなったが、今外で二人きりになるのはあまりに不安だ。

それに、前のように和やかな時間を過ごしたら、ますます鷹之を好きになってしまいそうで怖い。

自分の気持ちが結果として鷹之に害を及ぼすかもしれないと思うと、嫌われたくない反面、親しくすることも辛かった。

しばらく鷹之は黙っていたが、やがてボソッと言う。

「もういい。帰る」

「は、はい……すみません」

令也が謝る間に鷹之は、携帯電話を取り出していた。

「ああ、高井か。待機中だろう。いったん戻るから暇だったら付き合え、令也と運転を替わらせる」

その声を聞いてしゅんとなった令也だったが、自分が断ったのだからどうしようもない。

令也の気持ちはずっと変わらず鷹之に真っ直ぐに向いているのに、なんだかどんどん変な方向にねじれていってしまう。

やがて駐車場で高井と運転を替わった令也は、恋心というのはこんな面倒で厄介なのかと、玄関先で途方にくれていたのだった。

映画の封切りから二ヵ月がたっても、令也は仕事中以外はひたすら地下室に逃避し、鷹之とはぎくしゃくしたままだった。

先々鷹之とのことをどうするべきなのか、令也はすっかり考えることにくたびれてしまっている。

この日、切れている調味料や雑貨の買い出しにいった令也は、映画雑誌の表紙になっている鷹之に目を止める。映画の評価はうなぎのぼりで、海外でも公開が決まったらしい。パラパラとめくってみると特集が組まれていて、写真の龍斉の勇姿に釘付けになってしまった。

――か、かっこいい……。

最近はあまり本屋にいっておらず、鷹之の記事をチェックしたりもしていなかった。

なにしろ実物が目の前にいて、場合によってはその記事の取材に立ち会ったりしているせいもあるが、悩みを抱えてそれどころではなかったというのも大きい。

――鷹之さんは鷹之さん。龍斉は龍斉。

つぶやいて、令也はレジに雑誌を持っていく。

いずれ時間ができたら切り抜いて、仕事とは別に私物としてファイリングしよう、と少し明るい気持ちで令也は帰宅したのだが。

「令也、話がある。今日は地下室にこもるのは禁止だ」

廊下ですれ違いざまに鷹之に言われて、令也は仕方なくうなずいた。

改めて話があるなどと、なにか問題が起きたのだろうか。この前、マネージャーに呼び出されたときのようないやなことではないといいのだが。

黒く重い塊が胸につかえているように感じながら、令也はマネージャーに煙草を渡してから、鷹之の部屋へ向かう。

ノックをしてドアを開くと、鷹之はソファに座って雑誌を読んでいた。

雑誌から目を上げると、そこへ座れというように、正面のソファを指し示す。

「話って、なんですか……？」

腰を下ろして縮こまっていると、鷹之は雑誌を置いてこちらに向き直った。

「実は、レッドラインから仕事の依頼がきている」

「え。レッドラインって……ハリウッドの映画製作会社ですか？」

「ああ、だが脇役だ。最初からラストまで出ずっぱりではあるらしいが」

――ハリウッドからオファー……す、すごい。

令也は目を見開いて、口までも開けて鷹之を見つめてしまった。

さすがという気持ちと、長年応援してきた相手の大出世に拍手喝采したい気持ち、同時にはるか遠くにいってしまったような複雑な思いが込み上げてくる。

呆然としている令也に、鷹之は苦笑した。

「固まってないで、なんとか言ったらどうだ」

「……す、すみません、なんだかすご過ぎて頭真っ白になっちゃって。すごく嬉しいです、世界中に鷹之さんの演技を見て欲しいですし」

「見られた結果、酷評されるかもしれないがな」

絶対にそんなことないです！　とムキになる令也を尻目に、鷹之は淡々と説明する。

「スケジュール調整が終わったら、来年の春頃向こうに渡ることになる。シリーズ二本を続けて撮りたがっているから、準備期間も合わせて一年以上は滞在することになるだろう」

「そんなにですか。ええと、もちろん沢村さんも一緒ですよね」

「ああ、沢村と長谷川はな。高井はドラマの仕事が入ったんで残るらしい」

「高井さんが」

きっとオーディションに受かったのだろう。がんばったんだなと感心しながら、令也ははたと気がつく。

「ええと、それじゃ、俺は……」

「それをお前が自分で決めろというのが、俺の話だ」

令也はわずかに眉を寄せ、鷹之から視線を床に落として考え込む。

鷹之と一緒に一年以上渡米する。もちろん一ファンとしては嬉しいばかりなのだが、今の自分の立場としてはどうするべきだろう。

海外にまでゴシップ誌の記者というのは追いかけてくるのだろうか。

今ならば辛くなったら、地下室に逃げ込んだり、映像の世界に浸って逃避することができる。

けれど海外では、そんなことをしているわけにはいかないだろう。単独行動するにしても、令也は言葉もわからない。

おそらく、ひたすら鷹之への気持ちを抑えつつ、我慢しなくてはならない葛藤の日々になる。

「なぜすぐに答えない」

鷹之の声は低く、明らかに怒りが潜んでいた。ハッとして令也は顔を上げる。

「すみません、いろいろと考えてしまって。俺は英語も話せないし、いても邪魔になるんじゃないかって」

「通訳も雇うし、沢村も英語は達者だ。なんの問題もない」

「そういうことじゃないんです……」

問題は令也の気持ちなのだが、どう説明すればいいのだろう。恋愛の経験豊富な鷹之であれば、なにをとまどうんだと不思議で仕方ないに違いない。

けれど令也にとっては初恋の人だった。気持ちを抑制しながら抱かれ続けるなど絶対にできない。一緒にいればいるほど、鷹之にのめり込んでいく自覚があった。

人を好きになる気持ちに際限などないのだということも、最近になって知った。

――アメリカだったら、俺の鷹之さんに対する態度が普通じゃなくても、気がつかれないかもしれない。でも日本からくる記者もいるだろうし、帰国したときに俺がもっと鷹之さんに依存してしまっている可能性が大きい。俺は鷹之さんなしで生きられなくなって、でもその頃には鷹之さんはもっと出世しているだろうし、結局ずっと一緒になんかいられない。今以上に鷹之さんに溺れた後、全部を忘れて生きてなんていけるんだろうか……。

なおも令也が迷っていると鷹之は立ち上がり、隣に腰を下ろした。

「まさか、こないつもりなのか？」

「少し……時間をください。考えたいんです」

「なにを迷うことがある。最近のお前は、本当になにを考えているのかとらえどころがない」

考えていることは、鷹之への気持ちが大きくなったという以外は、以前と少しも変わらない。

ただ、決してこの恋は成就しないのだと気がついてしまっただけだ。

もし鷹之がなにかの拍子に令也を本気で好きになってくれたとしても、おおやけにできる関係ではない。人目をはばかり、常にびくびくしながら過ごし、もしもバレたら鷹之のイメージを著しくダウンさせてしまう。

そんな結末を、令也は望んでいなかった。

――もしかしたら……少し距離を置けば、頭が冷えるかもしれない。

切羽詰った脳裏に、ふとそんな考えが浮かぶ。

一年間も離れていたら気持ちを抑え、宮岡のようにベッドの相手と割り切ることができるかもしれない。そうなったら、鷹之の側にいても大丈夫になるのではないか。

付き人をやめて完全に近くにいられなくなるよりは、そのほうがまだましだ。

「俺は……い、いきません」

「……なんだと？」

「いかないで、日本で待っていたいんです。俺がいっても役に立たないし」

鷹之は苛立ったように、髪をかき上げる。

「……令也。俺は前に言ったな。お前のことだけは信じられると」

「は、はい。嬉しかったです」

「だが今は、正直よくわからない。俺に対する気持ちを、本当に信じていいのか？」

ぐい、と肩をつかまれて鷹之のほうを向かされる。令也は必死に否定した。

「もちろんです、嘘じゃありません！」

「じゃあなぜ、こないなどと言う。プライベートではどこに誘っても断るし、地下室にばかりこもっているのはどうしてだ」

「それは、だって」

「結局は、ただのミーハーな気持ちだったというだけか。テレビの中の人間に近づきたい、それだけのことだったんじゃないのか」

「違います！」

令也は悲鳴のような声で言う。

「さ、最初は確かに、単なるファン心理でした。でも今は違うんです。役柄と混同してもいない」

「だったらなぜ、こないなどと言う。俺と一緒にいたくないのか？」

一緒にいたくないわけがなかった。そうできないのは、どんどん好きになってしまうからだ。

そしてどんなにその想いが大きく膨らんでいっても、どこにも持っていき場などない。

鷹之にとっては一時の気の迷いでも、令也にとっては一生を左右するほどの恋であり、簡単に答えなど出せなかった。

唇を噛んで俯いていると、鷹之もじっと黙ってしまった。

嫌われたくない、側にいたい。側にいたくない、これ以上好きになりたくない。

この気持ちを、どうすればうまく伝えられるのだろう。

室内には時計の音だけが響き、心は鉛を飲んだように重い。やがてゆっくりと、鷹之の唇が開いた。

「……もういい。出ていけ」

「………」

低い声は、怒ってはいなかった。ただひどく寂しげで、令也の胸はかき乱される。

自分だけを信じてくれると言った人に、なぜこんな表情をさせてしまうのか。

「し……失礼します」

力なくつぶやいて立ち上がり、令也は鷹之の部屋を後にした。

今日はすでに掃除などの雑用は済ませてあり、夜まで時間が空いている。急いで地下室に走り、いつものようにディスクを再生させた。

だがどれだけ音声を大きくしても、ほとんど頭の中には内容が入ってこない。

鷹之の出ていけという声だけが、何度も何度もリフレインされる。

いつもの定位置に膝を抱えて座った令也の視界はぼやけ、画面がにじんでよく見えなくなった。

――俺はどうして、こんなに駄目なんだろう。大好きな人の邪魔になって、不快にさせることしかできない。

もっと現実的な人間で、学生時代からたくさん恋をしていれば、気持ちを整理してうまく対処できるのかもしれない。

しかしクラスメートがそうした話ばかりで盛り上がっていた頃も、令也の頭の中には『俊之丞』しかいなかった。

相談する人もいないし、恋愛の指南書などを読もうかとも考えたが、鷹之のような芸能人相手では事情が特殊で参考にならないだろう。

――あんなに夢みたいに楽しかったのに。……本当に夢を見ていて、今は目が醒めてしまった後みたいだ。

令也は鷹之と二人で散歩した、公園のことを思い出す。

他愛のないことを話しただけだ。ホットドッグはひとつ三百円で、どこにでもあるケチャップとソーセージの味がした。

桜は散ってしまった後で、なにも特別なことなどない空の下、草木が茂っていただけだった。

それなのに記憶にある風景のひとつひとつが、きらきらとまばゆいほどに美しく思い浮かぶ。

ただ隣に並んで歩いていたことが、奇跡のように幸せだった。

――なにも一生俺だけを見て欲しいとか、大それたことは望まない。近くにいて見守れたらそれでいいのに、どうしてそんな簡単なことさえ俺はうまくできないんだろう。傍目にもわかるほど夢中になって、淫乱な体になって。

「なんでこんなに、気持ちのコントロールができないんだ！」

声にして吐き出してみても堪えきれず、令也の頬に苦い涙が零れた。

いかに地下室にこもっていたくても、ここは令也の自宅ではなく職場だった。

そろそろ夕飯の支度をしなくてはという時刻になって、マネージャーから呼び出される。

「今夜、二十時から湖賀《こが》先生の誕生会があるんだ。来週の予定が先生の仕事の都合で急遽くり上がった」

「湖賀先生って、映画の原作の……？」

「そうそう。普段は鷹之さん、こういうのに積極的じゃないんだけど、相手が相手だからね。顔だけでも出さないと」

「あの、うかがうのは鷹之さんだけですか？」

思わず令也はそう聞いてしまった。今二人きりになるのは、できれば避けたい。幸いなことに、マネージャーは首を横に振る。

「長谷川は別件で事務所だが、俺は一緒にいく。令也も一応、スーツを着ておけよ」

「え。車中で待機じゃまずいですか」

「飯も出るし、令也はこういうの初めてだろう。今後おそらくパーティに出る機会は増える。慣れておいたほうがいい」

華やかな場は苦手だが、マネージャーがいるのであれば多少気が楽だ。

仕方がないと腹を括《くく》って、令也は自室のクローゼットを開いた。

以前、鷹之に買ってもらったスーツに袖を通して、溜め息をつく。

芸能人の集まるパーティに参加できると聞いて喜ぶより、誰もいない地下室に潜りたいと思う自分は、やはりフィクションの世界に没頭しているのが向いているのかもしれない。

そんなことを考えながら支度を終えて、玄関前に車を回す。

後部座席に乗り込んだ鷹之はいつにも増して仏頂面をしていたが、しっとりした光沢のある生地の高価なスーツが、いやというほどその容姿を引き立てている。

こんなに気まずい状態だというのに、令也は鷹之に見惚れてしまいそうだった。

——怒られても嫌われても、俺はやっぱり鷹之さんが好きだ。好きじゃなければ楽になるはずなのに、わかっているのにどうにもならない。

その苦しさは、目的地に到着するとさらに大きなものになった。

会場は原作者のセカンドハウスだというが、洒落たレストランのような外観で、広さも小規模の結婚式ならばできる程度のスペースがある。

テーブルにはところ狭しとオードブルや肉料理、パスタやパンが並べられ、四方にあるテーブルにはグラスと各種のアルコールが揃えられていた。

立食形式になっていて、令也たちが到着した頃には、すでにグラスや皿を手にした人たちで賑わっている。

「よくきてくれたな、日暮くん。映画成功の立役者だからな」

「いえ、演じがいのある脚本があってこそですから」

年配の原作者と鷹之が挨拶を交わすのを、令也は壁を背にして眺める。

マネージャーはあちこちに飛び回り、忙しく挨拶をして回っていた。

会場はもともと白が基調の内装に、赤と金で飾りが施されている。

豪奢なシャンデリアがそれらを照らして、人々も料理もすべてがきらきらとしていた。

百合の香りをまとった女性が、すいと令也の前を通り過ぎる。それが有名女優だと気がついて目で追う間もなく、国民的な人気アイドルが視界に入った。

付き人を始めてから、芸能人を見ることなど日常茶飯事になっていたのだが、こうして盛装して集《つど》う様子はさすがに壮観だった。

美男美女、威風堂々とした年配の役者、異彩を放つクリエイターたち。

それらを眺めているうちに、高級クラブどころの話ではなく、令也は自分が場違いだと感じていた。

一方、どんなにすごいオーラを放った人々の中にいても、鷹之はその中でも一際輝いて周囲を圧倒している。

そんな鷹之に対して、誇らしさを感じると同時に、虚しさが令也の胸に込み上げてきていた。

――俺はなにを勘違いして、あの人の隣に並べるなんて思ったんだろう。……どう考えたって、違う世界の人じゃないか。

やはり画面の中の姿にうっとりして、楽しませてもらっているのが似合いなのではないかと思う。

別世界の人に近づきすぎたのが、そもそもの間違いだったのかもしれない。

「羽虫もきてたのか」

急に声をかけられて、令也はハッとする。

そこにいたのはブランド物のスーツをわざと着崩し、左手にグラスを持った宮岡だった。

「羽虫って呼ぶの、やめてください」

むっつりと言うと、宮岡は肩を竦める。

「じゃあお前も、少しは野望を持てよ。そうやってドレスアップすると、やっぱり付き人だけなんてもったいない。自分で揃えたのか？」

「……いえ、鷹之さんが」

「ふうん。本当に気に入られてるんだな。……なあ、俺が言ったとおりだっただろ。国内じゃ人気は収まらないって」

「ええ、確かに」

「ハリウッドからも話がきてるって、沢村さんから聞いたけど」

令也は無言でうなずき、宮岡は溜め息をついた。

「お前、くっついていく気なのか」

「まだわかりません。正直、悩んでます」

絶対にやめろと言われるだろうな、と思いつつそう答えた令也は、案の定顔をしかめた宮岡に、その先を言われる前に言う。

「宮岡さん、聞きたいことがあるんですけど」

「俺に？　なんだよ」

相談できる相手のいない令也が、ずっと尋ねてみたかったことだ。

「鷹之さんと宮岡さんが、その、親しくしていた頃のことですけど。誰にも気がつかれないように、どう気をつけていたんですか」

そんなことか、と宮岡はあっさり返した。

「俺も鷹之さんも役者だからな。一歩外に出たら完璧に、寝室でのことなんておくびにも出さなかった」

「そ……そうですか……」

「お前は無理だな。今だって鷹之さんを見る目がハートになってたから」

ええっ、と驚いて目をこすると、宮岡は苦笑した。

「悪いこと言わないから、付き人なんてやめて普通の仕事しろよ。お前だったら相手なんてすぐ見つかるだろ。平凡で誠実な恋人と、地味に暮らすのがお前のためだぞ」

「……善意の忠告と受け取っておきます」

腹は立つが、宮岡の言葉に悪意は感じられない。

「善意に決まってるだろ。俺は邪魔するやつか張り合うやつにしか、悪意なんて向けない。羽虫なんか眼中にないからな」

言い捨てて宮岡は、壁際を離れて光の輪の中に入っていく。

きらびやかで華やかな人々を、令也はただぼんやりと眺めているしかない。いっそこれが映像だったらいいのに、と思う。

――地下室にいきたい。膝を抱えて、映し出される華麗な世界をただ見ていたい。ここはいやだ。だって自分の姿が、向こう側から丸見えになっているから。

令也は一番近くにあったテーブルから、ワインの入ったグラスを手にした。

それからきょろきょろと周囲を見回し、右端のほうに関係者と話しているマネージャーの姿を見つける。急いでその背後に近づくと、後ろから耳打ちした。

「すみません、帰りの運転お願いできますか」

「え？　なんで……」

マネージャーが言い終える前に、ぐいとグラスを呷《あお》る。

「というわけですから」

ふう、と口元を拭って令也は空になったグラスを見せた。

「おいおい、飲みすぎたりするなよ」

マネージャーの声を背に、令也は別のテーブルへと向かう。シャンパンにカクテルなど、次々にグラスを空けていく。

種類はなんでもよかった。ものすごく酔いたい気分だったのだ。

何杯目だかわからないカクテルを飲んでいたとき、遠くにちらりと鷹之の姿が見えた。隣にいるのは、先刻すれ違った女優だ。

びっくりするほど整った小さな顔が、鷹之に向けられて艶やかに笑っている。

――たとえばあんな二人なら、ファンとして祝福できる。俺にはきっと、鷹之さんより似合いの相手が……まだ出会ってないけど、世界のどこかにきっといるはずだ。

そのほうがお互いに幸せになれる、そのほうがいい、と心の中では潔く考えているのに、令也は今にも泣き出してしまいそうだった。頭で思うことに、感情がついていかない。

ヤケのように飲めば少しは苦しさが紛れると思ったのだが、逆だった。

しかし、こんな華やかで壮麗な会場で、大の男がめそめそするわけにはいかない。

令也は慌ててトイレにいき、そこでいったん気持ちを落ち着けてから、どうにか平静を装って受付けを通り抜ける。

そして、まるで身の丈に合わない巨大な黄金の貝から、ちっぽけで貧弱なやどかりが抜け出るような気分で、会場を後にしたのだった。


「あー、疲れた。肩が凝った。なんかもう、面倒くさい。清々した」

冬の夜道に人通りはなく、令也の独白を聞きとがめるものはない。

道はなんとなく覚えていたし、酔っていて寒さもあまり感じない。大きな街道にさえ出てしまえば、歩いていればいずれは知っている場所に出るはずだ。朝までには帰りつけるだろう。

楽観的にそう考え、令也はてくてくと歩き続けていた。

「いい夢見たってことだよな。うん。悪い夢よりずっといい。生の日暮鷹之が見れたってだけで嬉しかったのに、一つ屋根の下で生活しちゃったんだから、すごいラッキーだったよな、俺」

アルコールの力を借りてポジティブになった令也は、ふんふんと鼻歌でも歌うように独り言をつぶやく。

「殺陣の裏話まで聞いたファンなんて俺だけだろうし。撮影秘話もいっぱい知ってる」

ファン冥利につきる充実した毎日だった。もうこの辺りで満足してもいいのではないだろうか。

「知らないほうがいい楽屋裏っていうのもあるからなあ。ぼちぼち潮時だ。いかにもギョーカイって感じの世界は、向いてないってわかったし」

こつん、と蹴り上げた小石が、販売機に転がっていく。夜の路上で煌々と明るい販売機の明かりを、令也はなにげなく見た。

そしてふと、夏場であれば虫がたかっているだろうなと思ってしまった途端に、アルコールの力でどうにか浮上していた気持ちが、どっと沈む。

「……そうだよ、俺は虫だ。それも羽虫なんかじゃない。羽もなくて地面を這うか土の中に潜ってる種類の虫だ」

だからこそ高い場所で光る存在に憧れた。運よく摘み上げられて、そのままでいられるかもしれないと思っていた。でもずっとそんな明るい場所にいたら、眩しさに耐え切れなくなるに決まっている。

令也はしばらく立ち止まってうなだれていたが、キッと顔を上げて再び歩き出した。

「だいたいあいつ、宮岡！　『俺も鷹之さんも役者だ』って、なんだよあれ、かっこつけて。仕事でもないのにプライベートでも芝居なんかしてるなんて、意味わかんないよ」

そういえば、役者ですらない高嶋も見事に令也をあざむいた。人はそんなに簡単に本音と違う言動を、演技でできるものなのだろうか。

――鷹之さんも……そうだったのかな。

見上げた夜空は街道の左右に立ち並ぶ建物のせいで、細く長い。

その空はひたすらアスファルトの歩道を踏みしめるうちに少しずつ、東側から白み始めていた。夜が明けるにつれて、令也のカラ元気は大きな風船から空気が抜けていくように、少しずつ萎《しぼ》んでいく。

気がつけば鷹之の自宅の、かなり近くまできていた。

あの後、鷹之とマネージャーは何時頃までいたのだろう。もしかしたら二次会にいって、朝帰りかもしれない。

「……いたた」

滅多に履かない革靴で長距離を数時間歩いてきたせいで、踵《かかと》が靴擦れで擦りむけてしまっていた。

大きな街道は明け方とはいえ時折車が通る。しかし、すれ違う通行人はいないので、令也は靴を脱ぎ、持って歩くことにする。

みっともないし靴下だけの足にはアスファルトがとても冷たいが、背に腹はかえられない。それにもうしばらく歩けば、鷹之の家に着く。

明るくなるにつれ見えなくなっていく星を、令也は見上げて溜め息をついた。

と、思いがけないものが視界に入ってドキリとする。

「……はは。みっともないとこ、見られちゃったな」

それは街道沿いの、雑居ビルの屋上の大看板だった。新発売のウイスキーの広告で、タンブラーを手にした鷹之の綺麗な瞳が、じっとこちらを見下ろしている。

令也は靴を右手で持って、左手を上に上げた。ついで靴下履きの足で爪先立ちになり、左手の指先がふるふると震えるほどに伸ばす。

しばらく必死にそうしていたが、ややあってだらりと腕を下げ、全身の力を抜いた。

手から靴が滑り落ち、ボトッと情けない音をさせる。

「ほら、届くわけないんだ。背伸びしたって、いつまでも続くわけがない。苦しいだけだよ」

泣き笑いのような表情で言って、再びとぼとぼと歩き出す。

やがて昇ってきた朝日が、見慣れた日暮邸の屋根を遠くに照らすのが視界に入ったとき、とうとう令也は堪えきれなくなった。

「無理だ。割り切って側にいるのも、忘れて離れるのも」

ブロック塀によりかかり、ずるずるとその場にへたりこんでしまう。

少し離れた電柱はこの付近のゴミの集積場だからちょうどいい。このまま自分も持っていってもらいたい。

まだ酔っている頭で令也は考え、地下室にいるときのように膝を抱えた。

鷹之の家は、数十メートル先の斜め前にある。けれどそこまでいく気力が、すでになかった。

――実家に居場所のなかった俺を、受け入れてくれた宝物付きの大きな家。

他の建物や木々に隠れて、屋根の一部しか見えないその家を、映像を見ているような気持ちで令也は眺める。

——最初はひたすら嬉しかったな。びっくりしたり、おろおろしたり、いろんなことがあったけど。あそこに住んでいたときのことを、俺は絶対忘れない。

そういえば、鷹之と庭で会ったとき、朝日に寝癖が揺れていた。あれは可愛かったな、と令也は思い、かすかに笑った。

と同時に、一気に両目から涙が溢れ出してきた。

——大好きすぎて、辛い。こんなに辛いなら、現実の鷹之さんなんて知らなければよかった。本当の恋なんかしないで、遠くから見ているのが身のためだったんだ。

はらはらと涙を流し、目を閉じて膝を抱える。しばらくそうしているうちに、酔っている令也の意識はぼんやりしてきた。

新聞配達のバイクの音に、一瞬ハッとしたものの、またすぐに瞼《まぶた》が下がってしまう。

冷え切った足の爪先は感覚がなくて、もう一歩でも歩くのはいやだと言っている。

背中をブロック塀に預けて、本格的に寝込んでしまいそうになったとき。

だんだんと靴音が近づいてきて、令也は薄く目を開いた。

朝日が逆光になっていて顔はよくわからないが、人影がこちらに近づいてくる。

——あれ。ここ、外だよな。なんだっけ。……夢かな。

酔いと寝惚けているのとで、令也の頭ははっきりしない。とろんとした目で人影を見上げる。

「おい大丈夫か、令也！　しっかりしろ！」

令也は首をかしげながら心の中で、わあ、日暮鷹之の声だ、と感動していた。夢の中にも出演してくれるなら大歓迎だ。

けれど自分の台詞はなにをしゃべっていいのかわからない。黙ってぽかんとしていると、鷹之はやれやれといった様子で、令也の前で腰をかがめた。

「なんだ酔ってるのか、酒臭いな。靴はどうした。道端に転がってるから驚いたぞ」

長い指先が、令也の額に落ちた髪をそっとかき上げる。

「……すごいなあ」

「なにがだ」

「ドラマの中にいるって、こんな感じなんだ」

朝日を背にした鷹之のアップは、これまで見たどの場面よりも男前に見えた。

鷹之はスーツが汚れるのも構わずに、令也の正面にあぐらをかいて座る。

「困ったやつだな。どこへ消えたかと心配したじゃないか」

鷹之が言うとなんでも名台詞に聞こえると感心しながら、令也はこの場面を評した。

「鷹之さんはいいけど、ロケーションがちょっとなあ。ゴミ捨て場の近くっていうのは……それに、とにかく致命的なのは相手役」

言って令也は自嘲する。

「俺じゃ駄目だ。虫じゃ駄目。ああ、言わないでいいです、わかってますから」

口を開きかけた鷹之を、両手を上げて制する。

「俺だってこう見えても、社会人なんですから。引き際はわきまえてます。見苦しいラストなんて最悪ですし」

「令也。おい」

「え？　いっ、いたっ」

ふにふにと、鷹之の両手が令也のほっぺたをつねった。

「散々人を心配させてなにを言っているんだ、お前は。酔ってるにしてもわけがわからないぞ」

「うう……」

ひりひりする頬を撫で、令也は鷹之を見上げる。

チチッ、と頭上で小鳥が鳴き、ひんやりした朝の外気が皮膚を撫でて、頭が段々とはっきりしてきた。

くしょん！　と大きなくしゃみをしてから令也は目を瞠《みは》る。

「……え。あの。……鷹之さん？」

「ああ。なんだ」

「あれ？　夢じゃないのに、なんで？　ここ、外ですよね？　俺の靴は？」

改めて周囲を見回した令也に、鷹之は、こっちが聞きたい、とつぶやく。

「なんで一人で帰ったりした。携帯にかけても出ないし、探しちまって寝てないんだからな」

「えっ……！　す、すみません……」

謝るうちに、令也は自分がヤケ酒に走った理由を思い出して、がっくりとうなだれる。

「おい、寝るならちゃんと家のベッドにしろ」

酔っ払ってこんなところに座り込み、怒鳴られても仕方がない状況だというのに、鷹之の声は穏やかだ。けれどますます令也の気持ちは重く沈んだ。

「……そんなに親切にしないでください」

「うん？　どういうことだ」

「お、俺に……そんなに優しくしないで欲しいんです」

「苛《いじ》めて欲しいのか。じゃあ鞭とロウソクでも持ってくるかな」

令也を酔っ払いと思っているせいか、冗談のように鷹之は言う。

こっちは本気なのに、と令也は唇を噛み、キッと顔を上げた。

大好きな人を真正面から至近距離で見つめるうちに、心の抑制がきかなくなってくる。

「お……俺は！　鷹之さんや宮岡さんみたいに、器用じゃないんです！　割り切って寝たり、周りに気がつかれないように立ち回ったり、そんなにうまくやれないんです！」

「割り切る？　どういうことだ」

聞くうちに鷹之の表情が、すっと引き締まって厳しいものになった。

令也は両方の手のひらで、アスファルトの地面をバンと叩く。

「うまくやれないなら、鷹之さんから離れるしかないじゃないですか！　俺ばっかり本気になって入れあげて夢中になって、そ、それで邪魔になるなんて、そんなの惨めです！」

「おい！」

がっ、と強い力で両肩をつかまれ、令也はびくっとして顔を上げる。

「離れるだと？　そんなことを、お前本気で考えてるのか？」

「だ、だって」

整っている分、怒った鷹之の表情はものすごく怖い。厳しい瞳で射抜かれると、動けなくなってしまう。

令也は怯《ひる》んだものの、そこでやめることはできなかった。ずっと長いこと溜めていた複雑な思いが、唇から零れ出る。

「た……鷹之さんはいいですよ。何人も気が向いたら、愛人にしてきたんでしょう。でも俺は、違うんです。初めてだったんです、鷹之さんがなにもかも」

「だからなんだ」

令也の弱々しい声にも、鷹之は憤った表情を崩さずに先をうながす。

「だ、だから、鷹之さんには軽く考えられることが、俺には無理だってことです。あなたの気まぐれや何気ない言葉に、俺は人生ごと振り回されてしまう」

酔って回らない舌を嚙みそうになりながら、令也は呻くように言う。

「俺の思ってたこと、言いたいこと、わかってくれましたか。……だったらもう、いいでしょう」

「いや、まったくわからないな。ほら、立て。こんなところにいたら風邪をひく」

鷹之は立ち上がり、令也のことも立たせようと片方の手をつかんで引っ張った。が、令也はその手をふりほどこうともがく。

手を握られるだけで、体全部がドキドキする。こんな気持ちは、きっと鷹之にはわからない。

「いいからもう、放っといてください！　後からすぐ、戻りますから」

しかし鷹之は、その手を離そうとしなかった。

「まだ話は終わってない。いいか、令也」

「……昨晩のことは、謝ります。だから手を離してください。こんなところを人に見られたら、それこそ変に思われます」

「いいから、黙って聞け！」

令也の手を逃すまいとするかのように、鷹之はますます手の力を強くする。

「た、鷹之さん、痛いです」

ぐいぐいと引っ張られ、よろけつつも令也は立ち上がった。

「……令也、お前はわかってない」

なんとか立ち上がったものの足元がおぼつかない令也の目を、真正面から見つめる鷹之の瞳と声。

それは我知らず周囲を気にするのも忘れて見つめ返すしかないほど真剣で、聞いていることがやるせなくなるような悲しい響きがあった。

「お前と出会う前、俺は演技以外で恋愛をしたことがない」

「……え……？」

「キスも愛の囁きも、監督の指示どおりに何十回も演じた。セックスも腐るほど誰とでもした。……だが他人を心から愛しいと思う気持ちも、大事にしたいと願うことも、お前と会うまで知らなかったんだ！」

ぐい、と力強い腕が、愕然と立ち竦んでいる令也を引き寄せる。厚い胸に倒れ込んだ体を、鷹之はきつく抱き締めてきた。

「どうすれば自然に振る舞えるのか、俺にはわからない。どうやったらお前とまともに恋愛できるのか、俺はずっと手探り状態でいっぱいいっぱいなんだ」

「た……鷹之さん……」

苦しげな述懐を聞くうちに、令也はあまりの意外な言葉に呆然となってしまっていた。

「なにをやってもぎこちなくなる。優しくしてやりたいのに苛立って腹が立つ。……どうしようもない大根だ、俺は」

――俺は……何本も恋愛ドラマを観て、鷹之さんは恋愛慣れしてるって思い込んでた。大人で格好よくて、余裕たっぷりなんだろうって……。

しかし考えてみれば鷹之は、とても人付き合いが苦手なのだと令也は知っていた。学生時代の話を聞いても、心を開いた友人すらいなかったのだから、本気で恋をした相手がいないというのも道理だ。

「誰にも渡したくないと思ったのは、お前が初めてなんだ、令也」

「…………」

富も地位も人気も実力も獲得している俳優で、これからさらにその仕事は日の出の勢いという眩しすぎる背景が、周囲の目を眩《くら》ませていたのだろう。

令也は羨望の的である大スターが、自分と同じほどに寂しい思いをしてきた孤独な人なのだと、ようやく思い至っていた。

「……ごめんなさい。ごめんなさい、鷹之さん……」

かすかにコロンの香る胸元に、令也は額を押し付ける。

「お、俺も、どうしていいかわからなくなって。自分が迷惑をかけてしまいそうで。い、今こうしていたって、怖いんです。もし誰かに、写真を撮られたりしたらって」

「お前がそれを気にしているのはわかっている。だが、撮られたらどうだと言うんだ」

その言葉に令也は顔を上げた。

「だから、俺が仕事の障害になったら」

「写真ごときで干されたら、それまでだと言っただろう。いいか、俺は有名でいたいわけじゃない。満足いく芝居ができるなら、小さな劇団だっていいんだ」

熱を帯びた瞳で、鷹之は続ける。

「俺の人気が落ちたとして、なにを困ることがある。お前は有名芸能人の、人気俳優の俺でなければ嫌なのか？」

「そんな！　俺は……」

これまで想像もしたことがない質問だった。鷹之と、演じる役柄が別人なのだということはわかっていても、常に令也の中で鷹之は特別な人であり、スターだったからだ。

——ただのファンだった頃なら、確かに嫌だったかもしれない。ひたすら上にいって欲しくて応援していた。だけど、今は。

散々に迷い、悩んできた令也だったが、今の気持ちははっきりしていた。

「お、俺は、鷹之さんらしく生きられるのであれば……それが美容師さんでも、大工さんでも……アメリカでもアフリカでもどこまでもついていきます」

言って背中に回した手に力を込める。

「どこのどんな職業の鷹之さんでも、俺にとっては世界で一番大切な人です」

「……だったら拒むな」

くい、と顎が上げられて、唇が重ねられた。

夜が明けたばかりとはいえ、人がまったく通らないわけではない。犬の散歩をする人や、早朝から出勤する人だっているだろう。

けれど令也は、それらの可能性を頭から締め出した。今なにより重要なのは、鷹之の気持ちに応えることだ。

「ん、ん……っ」

何度も角度を変えて長いくちづけを交わしながら、互いが愛しくてならないというように手のひらで背や腰に触れる。

ようやく唇が離されてからも、二人はしばらくそのまま、しっかりと抱き締め合ったままでいた。

額と額をくっつけて、令也は幸福でたまらなくなって微笑む。

鷹之も、初めて見せる慈しむような優しい笑顔を見せた。

「しかしここから先は、さすがに朝っぱらから路上では無理だな」

そのつぶやきに、令也は思わず小さく笑った。

「それは芸能人云々《うんぬん》じゃなくて、人として駄目ですね」

二人してくすくす笑いながら家へ向かおうとゆっくり体を離したが、密着していないというだけでなんだか寂しく思えてしまう。

鷹之も同じなのか、まだ足元がよたよたする令也の肩を、抱き寄せるようにして支えて歩いてくれた。

「あれ。そういえば車、鷹之さんが運転してきたんですか。沢村さんは」

「俺はお前がいないと気がついて、すぐに探しに出たからな。後からタクシーで戻ったと連絡があった」

マネージャーにも、なんだか悪いことをしてしまったらしい。

「いろいろと、その、すみませんでした」

ようやく到着した日暮邸の重たい門を開きながら謝ると、鷹之はなんとも言えない目をして、令也を見る。

「謝るならそっちより、別のことを反省しろ」

「えっ……お、俺、他にもなにかやらかしてますか」

おろおろしながら尋ねると、鷹之は視線を逸らした。

「お前は言ったな。俺は俺、役柄は役柄だと」

「は、はい。それが？」

「……だったら地下室に必要以上に入り浸るのをやめろ。俺以外の男に夢中になられたら、嫉妬をして当然だろう」

顔を背けたままの鷹之の顔が、ほんの少し赤くなっているように見えるのは錯覚だろうか。

俊之丞や龍斉に鷹之が妬いていたのだと知って、令也は啞然としてしまう。

そういえば映画に没頭していたとき、ホステスたちといちゃつくのを見て、お前はどう思ったと聞かれたことを思い出す。

つまり鷹之としては、令也が地下室に籠っているのは他人といちゃつくのと同じことだ、と言いたかったのだろうか。

今となるとこうして察することができるが、恋愛に疎《うと》い令也にはあまりに遠回しで伝わりにくかった。鷹之は、ふんと鼻を鳴らす。

「まったく、お前はどこまでも鈍いし、高井もあてにならないし」

「た……高井さんが、どうしたんですか？」

「恋愛のエキスパートなんぞと自負しているから、一般論として時々話を聞いていたんだが、まったく無意味だった。だいたいあいつの話は合コンに役立つようなノウハウばかりで、オタクの知識がなさすぎる」

「オ、オタクって」

つまり令也とどうすればうまくいくのか、相談していたというのだろうか。

勝手にぐるぐると悩んでいた令也だったが、まさか鷹之も同様だったとは。

「確かにその、鈍いですけど、鷹之さんが本音で話してくれれば、俺はそれを信じるだけですよ」

「それがそう簡単にいかないんだから、仕方がないだろう。押して駄目なら引くべきか、言葉より行動のほうがなどと考えるうちに、なにがなんだかわからなくなってくる。前とは違って、抱くタイミングも迷うようになったしな」

鷹之の話を聞いていると、いろいろと思い当たることがある。二人ともが恋愛経験に乏しいのだから、ぎくしゃくと空回りしたのは必然的ななりゆきだったのかもしれない。

しかも令也だけでなく、マネージャーも宮岡も鷹之が恋愛慣れしていると信じていたから、それがさらに話をややこしくしていたのだ。

「お前は俺の……日暮鷹之のオタクなんだろうが。だったらもっと、俺のことをわかるようになれ」

はい、とうなずきつつも、令也は条件をつける。

「じゃあ鷹之さんも、もっと俺を知ってください。俺だって考えすぎてくたびれて、絶望的になってたんですから」

「ああ。俺だってお前のなにもかもを知りたいと思っているが」

鷹之は承知しつつ、溜め息をついた。

「恋愛ってのは難しいもんだな。ドラマみたいな台詞を口にするのが、どうにも照れる。それに……じたばたもがいて格好悪いし、些細なことに気持ちが急上昇してみたり、地の底までも沈み込む。我ながらみっともないと呆れるが、どうにもならん」

「まったく俺と同じです。そ、それで……鷹之さんは、その。そういう気持ちが、嫌になりましたか？」

　上目遣いに見上げると、まさか、と鷹之は即答する。

「嫌じゃない。だがこんなにエネルギーのいることは、一生に一度、一人に対してしか無理だな」

「俺も二度なんて、絶対に不可能です。精根尽き果てます」

　話しながらどちらからともなく手を繋ぎ、門から玄関までのアプローチを歩いた。

　朝の光が祝福するように石畳の上に差し、静かな空気に鳥のさえずりが響き、見慣れた玄関ドアが近づいてくる。

　――でも、この建物が俺の居場所っていうわけじゃない。俺の本当の居場所は……。

　ぎゅっと、繋いだ鷹之の手を握る力を強くする。

　この手のぬくもりこそが自分の居場所なのだと、令也は実感していたのだった。

そのままのきみだから

鷹之《たかゆき》が初めて仕事をしたのは、三歳のときだ。母親の希望でモデル事務所に登録し、いくつかＣＭなどに出演した後、テレビ局のスタッフのすすめもあって児童劇団へ所属した。

連続ドラマの仕事は、小学三年生のときが最初だ。この頃、父親が経営する小さな電気店は経営が厳しかったせいもあり、父母は些細なことで喧嘩ばかりしていたのだが。

「ほらほら、ここで鷹くんが出てくるのよ。子役といってもやっぱり存在感があるわよね」

「この女優は駄目だな。鷹之のほうがよっぽどいい演技だ。そら、またアップで映った」

「でもその女優さん、すごく親切だよ」

褒められるのは嬉しいが、他の人を悪く言われるのは悲しかった。

茶の間の座布団に座った小学生の鷹之は口を尖《とが》らせるが、画面に見入る両親の耳には入っていない。

「ああ、今回はもうこれで出番終わりなのね。わかってないわ、脚本家。だいたい……あら電話」

「多分、お義母さんじゃないか。観るって楽しみにしてただろう」

「もしもし。……まあ晴彦《はるひこ》兄さん？　観てくれてたのね、可愛かったでしょう鷹之」

鷹之のドラマ出演について、久しぶりに両親は心の底から楽しそうにしていた。

多少、有頂天になりすぎのきらいはあるが、誇らしさではち切れそうになっている二人を見ているのは、鷹之にとってても嬉しい。

もっと自分ががんばって父親の店を建て直せば、さらに両親の不仲は改善するだろう。

甲斐性なしだと父親を罵倒《ばとう》する母親も、もっと優しくなるに違いない。

しかしテレビの仕事が増え始めると、小学校のクラスの女子は格好いいなどと騒いでいたが、男子には学校をさぼってばかりでズルイ、お前は男のくせに化粧をするんだろうなどと揶揄《やゆ》された。

疲れて顔色が悪いときの収録では、メイク係に顔を塗られていたためだ。

最初はいちいち腹を立てて喧嘩をしていたのだが、そのうち鷹之は気にするのをやめた。喧嘩中に顔に小さな掠《かす》り傷を負い、当時の仕事のスタッフからプロ意識がないと怒られたためだ。

以来自分はすでに社会人であり、ごく普通の小学生でいることは許されない、と鷹之は自覚するようになった。

それにいつまでも、脇役で満足するわけにはいかない。両親のためにも、もっと大きな役をとり、大物にならなくてはならないのだから。

鷹之はいつしか、同級生と対等に付き合うのをやめていた。

そうしていくつか端役でのドラマ出演を経た後、十代も後半に差し掛かった鷹之が受かったオーディションは、時代劇の準主役だった。

「まあ、ワンクールで終わるものじゃないそうだから、長く続くという点はいいんだけれど。正直、地味よね。雑誌にもあまりのらないし」

時代劇の放送当日、いつものように家族で鑑賞するべく茶の間にそろっていたとき、母親は不満そうに零した。

「やっぱり、こういう役だとCMの仕事は入りにくいんじゃないかしら」

「でも鷹之は気に入ってるんだろう？」

難しい顔の母の横で慰めるように言う父親に、鷹之はうなずいた。

「うん。これまでのとは全然違う。今撮ってるシーンなんてすごいんだ。乗馬や殺陣《たて》も覚える必要があるから、いつもより時間がかかるし」

「殺陣って、チャンバラでしょ？　怪我でもしたらプロデューサーさんは責任とってくれるのかしら」

「……大丈夫だよ。俺だってもう子供じゃない」

「でもねぇ。主演ってわけでもないし、観ているのはお年寄りが多いでしょうし。大変なわりには報われないわよね」

十代の鷹之がどんなに夢中で時代劇の仕事について話しても、母親はそんな調子だった。

「お母さんとしては鷹くんはやっぱり、もっと華やかなお芝居が似合うと思うな。この前の林田《はやしだ》さんや、佐賀《さが》くんがやったみたいな」

「多分、いつかそういう仕事もするよ」

「どうなのかしらねえ。若い子のドラマで人気が出るのは、やっぱり大手のアイドル事務所に所属していたほうがなにかと有利でしょ。いっそ移籍っていう手もあるわ」

「……俺にアイドルは向いてない」

「だけどね、鷹くん」

「いい加減にしろ！」

父親が怒鳴り、テーブルをドンと叩く。

「地味だ地味だと、一生懸命やっている鷹之が可哀想だろう。役者としてきっといい経験になる。それをお前はＣＭだなんだのと」

「だってそれは、あなたの稼ぎが悪いからじゃない！」

母親も負けじと怒鳴り返した。

「せっかく鷹之のおかげで続いていた店も閉めちゃって。小麦の先物取引なんかに手を出したりするから」

「み、店を閉めたのは近くに家電の大型店舗ができたせいだ。それに先物取引は運が悪かっただけで」

「言い訳ばっかり。鷹之に恥ずかしいと思わないの」

父親は顔を真っ赤にした。

「それを言うなら、お前の浪費はどうなんだ！　いったい今年に入ってブランドもののバッグや服をどれだけ買った。着ていくところもないくせに」

「あなたなにもわかってないのね。近所の人も親戚も、日暮鷹之の母親として私を見るじゃないの。みすぼらしい服なんて着ていたら、鷹之が恥をかくのよ！」

三人の正面で、第一回放送のオープニングはすでに始まっていた。

鷹之はその画面を見ながら思う。結局は、金だ。

青年実業家と幸せそうに結婚をして、会社の倒産とともに離婚をした女優を、鷹之は何人も間近で見てきていた。

もっとたくさん自分が稼げば、二人は喧嘩しなくなるだろう。いくら母親が浪費をしても困らないほどに。どれだけ父親が事業に失敗しても余裕があるくらいに。

確かに時代劇の出演ではファッション誌などの取材はほとんどなく、ドラマ以外の露出は限られていたものの、長期の放映は安定した収入が見込める。

この仕事をしていると、学生らしい楽しみを得ることは不可能に近かった。

それでも自分の家族のためという明確な目的がある。鷹之は迷いなく、芝居の道に没頭していた。

ところが全力で挑んでいた時代劇も両親の夫婦生活も、唐突に終わりがくる。

――俺はなんのために、必死に走ってきたんだろう。

目の前が真っ暗になった思いで、しばらく鷹之は腑抜けのようになってしまった。

打ち切りの原因となった俳優は飲酒運転で逮捕された後、事務所も解雇されている。

確かにやったことは悪いが、少なくとも鷹之に対しては優しく世話好きの、いい先輩だった。

あれだけちやほやしていた取り巻きが、一瞬にして手のひらを返したのを、鷹之は目の前で見つめていた。幼い子役時代はピンときていなかったが、改めて殺伐とした世界なのだな、と戦慄《せんりつ》を感じたのをよく覚えている。

モデル、子役、俳優、ドラマ出演という仕事に関わったことにより、鷹之が見てきた変化はもちろん職場だけのことではない。

幼い頃の父親は、小さな電気店で真面目にこつこつと働く人で、まとまったギャラが振り込まれなければ、先物取引などに手を出す人ではなかった。

母親も派手好きではあったが、それだって近所の集まりのカラオケで騒ぐ陽気な人という程度で、分相応ということをわきまえていたはずだ。

手当たり次第に高価なブランドものに手を出したり、外車に乗りたがるような女性ではなかった。

てしまう。俺はガキの分際で、金で家族を変えてしまったんだ。
――もしかしたら、俺のせいなのかもしれない。金が少なくても多くても、人間は簡単に変わっ
もしも不況にならず、近隣に大型電気店ができなかったら。連続ドラマの仕事などせず、ほんの時
折チラシで子供服のモデルをする程度の、小遣い稼ぎで止めておけば。
鷹之はよくそう考えたが、時間は戻ってくれない。
まだ小学校に入ったばかりの頃、家族三人で回転寿司にいったことがある。
高いのばかり食べたら駄目よと母親がたしなめ、まあいいじゃないかと父親が笑う。
家族で食べる寿司は海苔巻きだって充分に美味しくて、母親がこれも食べろと取ってくれた寿司屋
で食べるプリンは、特別なもののように感じられた。
ビールでほろ酔いになった両親と三人、鼻歌を歌いながら帰る夜の道。
そんなふうに和やかな家族の思い出は、とても少ない。
自分が長いこと求めていたのは、それだけのささやかな幸せだ。何億円稼いだところで買うことの
できない、穏やかな家庭だった。
時代劇の打ち切りと同時期に両親は離婚をし、それらの願いは完全に消えてしまった。
その後鷹之はひたすら演技を向上すべく、舞台での芝居を経験したり、海外へ渡航して修行をした
りもしたが、ブレイクのきっかけは運だった。とある恋愛ドラマの主演に決まっていた同じ事務所の
俳優がスキャンダルではずされ、その代役に抜擢されたのだ。
初めて挑戦したラブストーリーは、最終回の視聴率が四十パーセント近くになった。

再び突然、鷹之の周囲の人々の表情、声、態度が変わった。擦り寄られ、ゴマをすられ、山ほどのお世辞が浴びせかけられる。

時代劇の打ち切りと両親の離婚で距離のできていた親戚たちからは、頻繁に連絡が入ってきた。

それまでも充分に高かった鷹之の他人に対する壁は、さらに高く頑健なものになっていく。

人間不信に陥った鷹之には、恋愛ドラマのロマンティックな台詞《せりふ》など虚しいばかりで苦手意識が強くなる一方だったが、皮肉なことに評判はうなぎ上りだった。

恋人などといっても所詮は他人だ。血縁者たちですら金で態度が変わる。

自分はなにも変わっていない。ただ自分のできることを、必死にやってきただけなのに。

――でもそれならどうして、俺は必死になってるんだ。いくら仕事に打ち込んでも、親さえ幸せにできなかったじゃないか！

「……っ！」

はっ、と鷹之は目を開いた。薄暗い空間に、ぼんやりと見慣れた天井が見える。そして。

「……ん……」

腕の中には、気持ちよさそうに目を閉じる、童顔の青年の寝顔があった。

鷹之がみじろいだせいか、むにゃむにゃとなにか寝言を言いかける唇が可愛らしい。

――今の俺には、令也がいる。

そう思うだけで、悪夢に薄ら寒くなった心が、春の陽だまりのように暖かくなった。

自分が頑張ることで、この青年を幸せにしてやれることだけは間違いない。

それにしても、と鷹之は不思議に思う。もう何年も思い出さなかったというのに、なぜ今頃過去の夢を見たのだろう。

もしかしたら心の奥底に閉じ込め、押し殺して凍りついていた感情が、令也の存在によって溶け始め、封印を解かれたのかもしれない。

今ならもう酒に逃げたりせず正面から過去の辛さに立ち向かい、浄化して前に進むことができそうな気がする。

お前のおかげだ、と眠っている令也にそっと笑いかけてから、鷹之は再び目を閉じた。


暮れも押し迫ってきた平日のオフの午後。

鷹之は令也と車の後部座席に乗り、運転席にはマネージャーの沢村が乗った。

海外に渡航する前に、どうしてもまたあの公園でリフレッシュしたかったからだ。

「なんで俺が運転手なんですか。師走なんですよ、忙しいんですよものすごく」

オフの日はプライベートなのに、とぶつぶつ愚痴《ぐち》るマネージャーに、鷹之は冷ややかに言う。

「お前が令也に、つまらんことを吹き込んだ罰だ」

「え？　つまらんて……もしかして令也くんに忠告したことですか？　でもあれは鷹之さんのためを思って」

「なにが俺のためだ。おかげで令也が萎縮して、散歩さえ一緒に付き合ってくれなくなったんだぞ。責任をとるのは当然だろう」

「責任ってそんな……令也くん、なんとか言ってくれよ」

バックミラー越しに助けを求められ、令也は慌てた顔になる。

「ええとその、せっかくだから、沢村さんも一緒に楽しみましょうよ。今日は気温も高めだし風も穏やかだし」

「そのとおりだ。運動不足の解消になるんだから、ありがたく思え」

笑って言うと、沢村はまったくもうと溜め息をついた。

いくら気にする必要はないのだと鷹之が言い、令也も理屈ではわかっているようなのだが、二人きりの外出先ではどこか萎縮しているように見えて可哀想になる。

そのため考えたのが、マネージャーを同行させるという策だった。できれば令也と二人きりでいたいのだが、この際仕方がない。

公園の駐車場に車を停めると、三人そろって美しく整備された公園の小道を歩き出す。

「沢村。お前はカートになりきれ」

後ろを歩くマネージャーに、鷹之は振り向きもせずに命じる。

「カ、カート？　どういう意味ですか」

「無機物としてくっついていればいい。余計な口は出すな」

それはさすがにひどいと令也が同情するが、鷹之は構わずすたすたと先へいく。

顔には以前と同じく、大きなマスクと眼鏡、頭にはキャップを装着していた。

「いっそ、クルーザーの免許でもとるか。だだっ広い海上なら令也も周囲を気にしなくていいだろう」

「鷹之さんが運転して事故でも起こしたら大変ですよ。それくらいなら、俺がとります」

話しながらしばらく歩くと、本当にマネージャーの存在など忘れかけていた。

鷹之は令也と他愛ない会話を楽しみ、様々な植物を興味深く観察する。普段散歩などしたことがなかった鷹之には、これだけでも新鮮な体験だ。

芝生の広場に出ると、前と同じように鷹之は寝転がり、令也も隣で仰向けになる。

かつてと違うのは頭の後ろに、ちんまりとマネージャーが座っていることだ。

ハンカチで眼鏡を拭きながら、マネージャーはまだ往生際悪く文句を言う。

「鷹之さんて、こんなことがしたかったんですか？」

「カートがしゃべるな」

そう言ってもマネージャーは、聞こえないかのようにブツブツと続けた。

「まあ男二人が並んでごろごろしてたら、確かに妙ではありますね。この上、手でも繋いだら本格的に怪しい絵面だ。私が写りこんでしまえば、ただふざけてるように見えるかもしれませんが」

「そうしてもらえると助かります」

令也の言葉に、マネージャーは複雑な表情になる。

「実際、写真の一枚くらいもみ消せるんだけどね。代わりに適当な別のネタを渡す手もあるし」

「だろうが。なんだって令也に限ってうるさく言うんだ」

横目で睨むと、マネージャーは視線を逸らす。

「そ、それはつまりですね。例えば宮岡くんなら当人も野望があるから、鷹之さんが不利になるようなことはしない。しかし令也くんの場合は……ものすごく本気になって、いざ鷹之さんが別れてくれっていう場合にストーカーにでもなったら困るでしょうが」

隣に寝転んでいた令也が、がばっと上体を起こして反論する。

「お、俺、そんな。鷹之さんの迷惑になることは」

「なってくれなければ、俺が不満だ」

鷹之としては、あっさり令也に別れられてはたまらない。しつこく付きまとってくれたら、嬉しいくらいだ。

だが令也はそんなふうに思われるのは不本意らしく、ぶんぶんと首を左右に振る。

「そんなことするなら、付き人になってから撮らせてもらった写真でオリジナル写真集を作ったり、名言集を作成したほうが楽しいです。……あ。想像したら本当にやりたくなってきた……」

相変わらずオタク気質だな、と苦笑するが、今となってはそんなところも愛おしかった。

「しかし実物の俺のほうがいいだろうが」

「そんなことは当たり前ですけど」

鷹之も上体を起こして首をねじり、呆れた顔をしているマネージャーを睨んでやる。

「いいか、沢村。お前も俺のマネージャーなら覚えておけ。今後、事務所やお前が令也と俺のことに口を出したら、俺は事務所をやめる。移籍にも抵抗はないし、自分で劇団を立ち上げるのも悪くない」

「え……ええっ、そ、それだけは勘弁してください、私のクビが飛ぶ」

焦りまくるマネージャーに、鷹之は不敵に笑った。

「じゃあどうすればいいのか、そのオツムでよく考えろ。お前のとる道はひとつだとわかるだろう」

「し、しかしですね、鷹之さん」

「カートがしゃべるなと言っている。俺は令也とこの環境をゆっくり楽しみたいんだ」

「あの、なんか、すみません沢村さん」

令也は気遣いをする性格だから、ひたすら恐縮しているようだ。マネージャーをカート扱いすることもしのびないらしい。

それでもその後、再び雑談で盛り上がると、令也の表情には笑顔が多くなる。屈託のない少年のようなその顔が、鷹之は好きだった。

令也と一緒に、太陽の下でこんなふうに語り合っていると、特別なことなどなにもなくても気持ちが満たされる。

令也が見ている雲を鷹之も見て、あれこれ話すだけで気持ちが弾んだ。一人で見てもなんとも思わないことでも、好きな相手と一緒であればここまで世界が別のものに見えるのだな、と鷹之は感動すら覚える。

しばらくそうして羽ばたく鳥や芝生を歩く虫、さんさんと降りそそぐ陽射しを楽しんでから、小腹が減ったと腰についた芝をはらいながら立ち上がった。

「ホットドッグが食いたい」

前回食べた美味しさが、鷹之は今も忘れられなかった。広場にくる途中には小さな売店や軽食が食べられる場所もあったのだが、なぜかどうしてもあれがいい。

「必ず毎日いるとは限らないですよ。移動式の店でしたし」

令也が言っても、鷹之はあきらめなかった。

「じゃあ、あそこのベンチで待ってろ。俺が探してくるから」

それなら自分がいくという令也を押し留めて、鷹之は早足で歩き出す。

プライベートの場では、令也は付き人ではない。食べたいのは鷹之なのだから、自分が動くのは当然のことだ。しかしマネージャーにとっては相当に意外なことだったらしく、目も口もぽかんと丸く開いていたのがおかしかった。

しばらく歩くと、幸いにも以前と同じ場所に販売車が停まっている。

どうするべきか一瞬考え、カート役のお駄賃だ、とマネージャーの分も飲み物と一緒に買ってやることにする。

目当てのものを手にきた道を戻ると、平日とあってかほとんど人とはすれ違わなかった。

かなり大きな公園のため、街中と違って空も広い。ぐるりと木立に囲まれ、その背後を高層ビルが囲んでいる光景が、なんだかシュールだ。

小鳥のさえずる木漏れ日の中、遠くに令也の座るベンチを目にして、鷹之はふいに強烈な既視感を覚えた。

令也の姿がなぜだかとても懐かしく、甘くほろ苦いような思いで胸がいっぱいになる。

頬を撫でる風と空と草木の香り。自分を安心させ、癒してくれる心暖まる状況。

しばらく立ち止まっていた鷹之は、その理由に気がついた。

――これは、あの日だ。どんなに焦がれても二度と手に入らないと思っていた、あの夜と同じ感覚だ。

回転寿司の帰り道。家族で手を繋いで歩いた、幼い頃の記憶と重なるのだと気づいた瞬間、嬉しいとも切ないともつかない感情が湧き上がってくる。

やはり令也の存在は、自分にとって特別なのだという思いを噛み締めながら、鷹之はゆっくりと背後から近づいていった。

二人はこちらのしんみりした心の内に気がつくはずもなく、夢中で互いの主張を戦わせている。

「……だと思いますけど」

「いや、鷹之さんの本領発揮は恋愛ものだ、数字がそれを証明している。脚本がいまひとつの場合でも初回はべらぼうに高い。つまりキャストだけで、それだけ注目されているということだ」

「数字がなんですか、あの殺陣を見たでしょう。剣術の玄人ですらうならせるなんて、今の若い俳優の中で鷹之さんくらいですよ」

「いやいや、あの悩ましげな表情、切ない甘い声、どんな長身の女優をも包み込む恵まれた体軀《たいく》。せっかくの完璧なルックスを活かさなくてどうする」

「じ、時代ものにだって恋愛要素はあります。十八話なんてその最たるもので、相手役の浜田里奈子《はまだりなこ》さんが映画に抜擢されたのは、あれがきっかけじゃないですか」

「だから、それだけの魅力が鷹之さんに……」

「お前ら、声がでかすぎる」

ベンチの後ろから近づいていった鷹之は、二人の会話内容に思わず苦笑しながら言う。

令也は例によって時代劇のよさを力説していたらしいが、マネージャーも恋愛ドラマについて熱弁をふるっていたらしい。どちらも必死だったせいか、顔がほんのり赤くなっていた。

「おい、カート、そっちへずれろ」

鷹之が言うと、はいはいとマネージャーはベンチの一番端へ移動する。

「忙しいのに呼び出されて邪魔者扱いされて踏んだり蹴ったりですよ、まったく」

「そう言うな。ほら、お前の分だ」

缶のお茶とホットドッグを渡すと、ええっ、とマネージャーは大声を出した。

「わっ、私の分もですか？　いったいなんで鷹之さんがそんな親切なことを」

「人聞きの悪いことを言うな。そこまで驚くようなことか」

とはいえ確かにこれまでマネージャーに対して、ぞんざいな扱いをしてきたことは認める。

どうせ仕事のみの付き合いであり金で雇っているのだから、それが当然と思っていた。

しかし先刻の会話から察するに、マネージャーなりに鷹之の演技にこだわりや愛着があるようだと把握した。やはり三人分買ってきた判断は正解だったらしい。

令也のおかげで他人に対する壁が多少なりとも低くなったために、かつては見えなかったものが見えるようになっているのかもしれなかった。

「それにしてもカートっていうのはあんまりです、沢村さん、へこんでましたよ」

その日の夜、シャワーを浴びた後の濡れた髪を鷹之の部屋で拭きながら、令也は思い出したように言った。

鷹之はその体をベッドに引き寄せて隣に座らせ、一緒にバスタオルで頭を拭いてやる。

「そうか。それなら散歩させている犬に格上げしてやるか」

「それも可哀想です。いいじゃないですか、プライベートでは友達と思えば」

「あんな頭の固い老けた友達はいらん」

「でも三人だと思うと俺もリラックスして、久しぶりに鷹之さんと外出できましたから」

令也がこちらを見て、にっこり笑う。シャワーで温まり血色のよくなった唇は、誘うように艶《つや》めいて赤い。

「……お前がそうして笑ってくれるなら、俺は……他のことはなんでもいい」

ゆっくりと唇を重ねると、細い腕が背中に回される。きつく抱き締めると、令也の体はしなやかに反った。

「は、ん……んっ」

唇を首筋から耳に這わせると、すぐに甘い声が漏れる。令也の体は抱けば抱くほど敏感になり、鷹之の愛撫に素直に反応するようになっている。

それはとても鷹之を満足させていたが、令也は恥ずかしいようだ。

「あっ、や、あ」

やわらかな首筋をきつく吸いながら、パジャマのボタンをはずしていく。あらわになった胸の小さな突起を指の腹で優しくさすると、すぐにそれは固くしこった。

「あっ、ああ……駄目、そこ」

わななく唇で、令也は感じるところを教えてくれる。

「ここがいいのか？」

「やっ！　あっ、あっ」

きゅうきゅうと突起をきつく刺激すると、令也の手足にはもうほとんど力が入らないようだった。

パジャマの上も下も下着ごと取り払い、生まれたままの姿にしてベッドに横たわらせると、小さな頭がいやいやと左右に振られる。

肩も腰も細いがごつごつとはしておらず、滑らかな薄い筋肉に覆われた体を、鷹之はとても好きだと思う。

「で、電気、消してくださ……っ、あ」

「どうして。見られて困ることでもあるのか」

「はずか、しい、からっ……、た、鷹之さ、やあっ」

恥らう姿がこちらをますます煽るのだが、令也にはそんなことはわかっていないようだ。

丸まろうとする体を開き、両手を頭の脇に押し付ける。足の間に体を入れると、令也の目に涙が滲んだ。

「見ないで、くださいっ」

すでに反り返るほどに勃ち上がっているものを、隠したいらしい。

「んうう っ!」

大切に優しくしたい反面、必死な様子が可愛くてわざとその部分に膝を押し付けると、令也の腰が跳ねた。

両手の指と指をしっかり絡ませながら、鷹之は体を倒して、令也の胸に舌を滑らせる。

「っあ! いっ、んんっ」

すっかり固くなっている、薄赤く色づいた突起に誘われるように舌を絡めてたっぷり濡らし、きつく吸い上げる。

すると令也のものはさらに硬度を持ち、かすかに震えた。

「鷹之さんが、そ、そんなとこ、弄るから……っ、お、男なのに俺、変になって」

感じすぎる自分に怯えるように、令也は逃れようと身悶える。けれど、その仕草こそがひどく淫らだとは思いもよらないらしい。

「俺が相手だから変になるのは、なにも悪いことじゃない」

「でっ、でも……ああっ」

絡めていた両手を離し、反り返ったものにそっと触れてやると、堪えきれないというように令也の眉間《みけん》がきつく寄せられる。

その反応のひとつひとつが、鷹之の目には愛らしく映った。

「もう、零れてる」

低く笑って言うと、令也はただでさえ火照った顔をさらに真っ赤にした。

今にも泣き出しそうな令也が可愛くて、つい意地悪なことを言ってしまう。

「ほらこうしただけで、今にも出そうだ」

つう、と根元から指を滑らせると、ひゅうと令也の喉が鳴った。

「いっ、やあ……あ、ああ」

令也は自分の拳を噛み、きつく目を瞑《つむ》る。その腰はひくひくと震えていて、いつの間にこんなにと
鷹之が思うほど、艶っぽくなまめかしかった。

用意していたローションをたっぷり垂らした手で、もう一度令也のものを握りこむ。

ぬるぬると上下に擦りたてると、令也は激しく身をくねらせる。さらに、その滴《したた》りは奥まで零れ、

「んううっ、あ、ああっ！」

鷹之は指をそちらに滑らせる。

ローションのぬるつきを借りて、ぐうっと一気に中指を差し入れると、令也はひいっと悲鳴を上げ
た。

それでも一向に自身は萎《な》えず、むしろますます張り詰めている。ゆるゆると内壁を抉《えぐ》り始めると、
ついに耐え切れなくなった令也が、むせび泣きながら懇願した。

「も、もう、早く」

「早く、なんだ？」

「早く、い……いき、た……あっ！　あっ」

「うん？　もう一度、ちゃんと言ってみろ」

鷹之の与える快楽に翻弄《ほんろう》されている令也が、愛しくてたまらない。何度でも言わせたくて鷹之が繰り返すと、令也は素直にねだった。

「いきたい。い、いかせてくだ、さい」

「どんなふうにして欲しい？　令也のいいようにしてやる」

「ど、どんなって、それは」

涙を零し、半開きになった唇からは唾液が糸を引いている。快楽で半ば恍惚となっている瞳で、令也は言った。

「鷹之さんのが、い、いっぱい、欲しい。奥まで、滅茶苦茶にして」

舌足らずな声で言われて、こちらの理性が吹き飛びそうだった。なんとか無茶はするまいと自分を抑えつつ、鷹之は令也の両足を抱え上げる。

そして充分に濡らされた部分に、自身をあてがった。

「……っ」

「――ひ、あああ――っ！」

挿入された衝撃で、令也のものは弾《はじ》けてしまっていた。下腹が熱いもので濡れ、それでも令也の内部は、吸い付くように鷹之自身に絡みついてくる。

「ま、待って……お願、い」

ただでさえ過敏な令也の細い腰は、達したばかりでガクガクと震えている。鷹之は動くのを止めてやったが、ひどく熱いそこは貪欲に鷹之を飲み込み、下半身ごととろけてしまいそうな快感を与えた。

「た、鷹之、さ……」

令也の細い腕が、震えながら必死に鷹之の体に回される。

その手も、汗の浮かぶ額も、わななく唇も、なにもかもに惹かれる。こんな想いで体を繋いだ人間は、かつて誰もいなかった。

人を抱くという行為が、体だけでなく心をこんなにまで満たすものだと教えてくれたのも令也だ。

「……お前が最後だ、令也。お前以外とは、もう二度と誰とも寝たりしない」

鷹之の言葉に、朦朧《もうろう》としていた令也の瞳にわずかに理性の光が戻る。

「お、俺も。鷹之さん、だけ。絶対に、なにがあっても」

鷹之は誘われるようにその唇を奪い、互いに激しく舌を絡めながら腰を突き動かした。

汗が散り荒い吐息と唾液が、どちらのものかわからないほどに混ざり合う。

ほぼ同時に達し一気に体から力が抜けても、二人はしばらくしっかりと抱き合ったままだった。

海外へ渡航するまでの期間、取材やＣＭ撮影をこなすうちに新しい年が明け、令也との信頼関係と愛情はますます深まっていた。

事件が起きたのは、そんな毎日が続いていた週末の午後のことだ。

その日、雑誌用の写真撮影を終えた鷹之は、マネージャーと長谷川、そして令也とスタジオから駐車場に続く廊下を歩いていた。

かかってきた携帯電話に出たマネージャーが、眉を顰《ひそ》めて言う。

「なんだか面倒なことになってるみたいです。急いで事務所に戻りましょう」

「面倒？　どういうことだ」

「詳しくは事務所で。今、テレビで報道されてるらしいんです」

四人は早足になり、駐車場に通じるスタジオの出口を開いた、その瞬間。

フラッシュがいくつも光り、何本ものマイクが突きつけられた。

「日暮さん、田所《たどころ》コーポレーションの宣伝に携わっていたそうですが」

「日暮さんですよね！」

――なんの話だ？

眩しさに手の甲で目を覆う鷹之に、さらにレポーターたちの金切り声が飛ぶ。

「原野商法《げんやしょうほう》ということで、被害者の会ができたのはご存知ですか？」

「宣伝用インタビュー、答えてらっしゃいますよね。あれは確かに日暮さんの声ということでいいですか」

「危ないから、どいてください！」

マネージャーと長谷川、そして令也も必死に鷹之を庇い、車に乗せようとレポーターたちの前に立ちふさがってくれる。

「あの声は、間違いなく日暮さんですよね！」

「待ってください、こちらはまったく事情を把握していませんので、コメントは後日」

懸命にマネージャーが言い、令也が後部座席のドアを開いた。

「早く、鷹之さん」

もみくちゃにされながら令也は囁き、鷹之を車内に押し込むと外からドアを閉める。しかしドアが閉まったのと同時に令也の髪を、背後からカメラマンがつかんだのが窓から見えた。

――――この野郎！

カッと鷹之の頭に血が上る。なにを報じられようが構うものか。令也に手を出したことを一生後悔させてやる、と再びドアを開こうとしたのだが、気配を察したのか令也が表からドアを押えていた。

「開けろ、令也！」

「なに言ってるんですか、駄目です！」

令也は初めて見せる厳しい表情で言い、その肩が背後から乱暴に、ぐいと押しのけられた。

「日暮さん、逃げるんですか！」

「一言、せめて一言！」

――こいつら、絶対許さん。

再び車外に出ようとする腕を、先に助手席に乗り込んだマネージャーが身を乗り出してつかむ。

「なにやってるんですか、出たら駄目です！」

運転席に滑り込んだ長谷川が、窓を開いて大声で叫んだ。

「令也、キーを！」

令也はカメラマンの肩越しに手を伸ばして、キーを渡す。

「おい、令也が乗るまで待て！」

エンジンをかける長谷川に怒鳴り、鷹之は窓越しに令也が車の後ろに回ったのを確認し、反対側の後部座席のドアを開く。

「令也、大丈夫か！」

「は、はい、なんとか」

手をつかんで車内に引っ張り込むと、長谷川がすぐさま車を発進させた。しばらくは全員頬が引《ひ》き攣《つ》り、追ってくる車がいないのを確認してから、三人はホッと表情を緩める。

三人というのは、鷹之以外の三人ということだ。鷹之ははらわたが煮えくり返る思いで、ホッとするどころではない。

「なんなんだ、やつらは！」

吐き捨てると、車の発進と同時に再び事務所に連絡していたマネージャーが、通話を続けながら苦々しげに説明した。

「田所コーポレーションというのが、原野商法の詐欺《さぎ》をやったらしいんですが、それに鷹之さんが関わっていると午後のワイドショーですっぱ抜かれたようです」

「原野商法？」

長谷川の問いに、鷹之は答える。

「二束三文の土地を、いかにも価値があるように装って売りつける詐欺だ」

「すっぱ抜かれたって、鷹之さん、そんな会社に関わってないじゃないですか！」

眉を吊り上げた令也は、こんなときでもやはり可愛く、少しだけ鷹之は冷静さを取り戻す。

「もちろんだ。誤解さえ解ければ問題ない。……それより令也、どこも怪我はしなかったか。あのバカどもに、髪や肩をつかまれていただろう」

「えっ、全然平気です。必死で気がつかなかったくらい」

「あれは東都《とうと》放送のカメラマンだな。肩をつかんだのはチャンネルＫＫの岩木《いわき》レポーターだ。二度と両局の取材には応じないと伝えておけ」

「これからレッドラインの宣伝もありますし、そういうわけには」

おろおろするマネージャーに知るかと返すと、令也がつかまれていた自分の肩をぽんぽん叩く。

「全然痛くないし、俺なんかどうってことないですよ。それより、宣伝の媒体を選ぶなんて駄目です。どんなテレビ局だって、大切なのはカメラの向こうのファンの方々じゃないですか」

「あ、ああ……。それもそうだな。すまない、つい頭に血が上った」

「鷹之さんが謝ることなんて、なにもないです」

かつてであれば、付き人がどんな扱いをされようが知ったことではなかったし、公私混同するなどありえないことだったのだが、令也が絡むとどうも自分は平静ではいられなくなるらしい。

それより、と令也は腕を組んで首をかしげた。

「鷹之さんの声でインタビューに応じてるってどういうことでしょう。そんな仕事請けたこと、ないですよね？」

「当然だ。よくも悪くも俺は警戒心が強いからな。怪しい仕事は請けない」

鷹之は断言した。田所コーポレーションという社名にも、まったく心当たりがない。

「そんな事実はないはずなのに宣伝用のテープがあるらしいんです。どうせ似せた別人のものでしょうが……とにかく早く事務所で確認しましょう」

マネージャーは憤慨した声で言って、事務所への道を急がせた。


「こんなの勝手に使いやがって、なんて図々しいんだ！」

大きく鷹之の写真が使われたパンフレットを手にして、よほど腹が立ったのか、珍しく乱暴な口調でマネージャーが叫んだ。写真はまったく関係のない企業用広告のものだ。

事務所の会議室には白髪に白いひげをたくわえた初老の社長と秘書、その他に重役も三人居並び、今回の件についての話し合いが行われた。

縦に長く並ぶ机には、広報担当とマネージャー、それに令也と長谷川も席に付いている。

「著作権、肖像権の侵害は明らかですが、加害者が行方不明ですので、それまで真相究明ということにはならないでしょうね。もちろん、全面否定のファックスを各局に送りますが」

マネージャーの説明に、誰もが暗い表情になる。広報の担当者が、沈痛な声で言った。

「特に問題は、この妙な販促インタビューです」

苦虫を噛み潰した顔をして、音声を再生させる。

『……の緑豊かな大地なわけですが、日暮鷹之さんも別荘用に欲しくなられたそうですね』

『はい。実際に見てそう思いましたからね』

確かに俺の声だ、と鷹之はぞっとする。会話をしている相手の記憶は、まったくない。

『保証会社もしっかりしていて、これについても日暮さんは、太鼓判を押してくださっていますよね』

『もちろんです。宣伝てことじゃなく本音でおすすめしますよ、俺は』

『気候も一年を通して温暖ですし、リゾート地として、終《つい》の棲家《すみか》として申し分ない、それがこの低価格というのは』

『その点については正直、驚きました。これなら誰でも魅力を感じるんじゃないですか』

この調子で、音声は二十分近く続いた。確かに声は鷹之本人のものだと、自分でも思う。

これがワイドショーで流されたら被害者たちだけでなく、視聴者の誰もが鷹之が関与していると考えるだろう。

マネージャーも同様に感じたらしく、顔がすっかり蒼ざめている。

「た、確かに鷹之さんの声に似ているが、物真似ということもある。声紋鑑定に出してもらわなくては確実な証拠にはならない」

「そうですよ、声色ということは充分に考えられます」

「しかしそうだとしても、立証に時間がかかりそうだな……それまでの期間、あることないこと記事にされるだろうから、イメージダウンは避けられない」

「なんとか声紋鑑定を急がせます！　鷹之さんには、なにも落ち度がないんですから」

マネージャーはフォローしたが、白い眉を寄せてじっと考えていた社長は、難しい顔をして鷹之の目を見据えた。

「……絶対に、身に覚えはない、自らは潔白だと言い切れるんだな、日暮くん」

「ありません。ないものはないとしか」

「きみは……よくクラブで飲み歩いていたそうだが、酒の席でそうしたやりとりをしたということは考えられないのか。ひどく酔っていて、同席した相手に乗せられたとか」

室内に、重い沈黙が落ちた。鷹之のクラブ通いをよく知っているためか、令也はうなだれて両肘《りょうひじ》をデスクにつき、耳を塞ぐようにして沈黙している。

車内では明るく振る舞っていたが、カラ元気だったのかもしれない。

あんなにフラッシュがたかれ、敵意と好奇心むき出しの人間たちに押し寄せられたら、誰だって平静ではいられないだろう。まして令也はつい先日まで一般人で、ひたすら芸能人としての鷹之に純粋に憧れていた青年だ。

この商売は、とかく浮き沈みと裏表が激しい。もしも令也がその恐ろしさやおぞましさに気がつき、自分と距離をとりたくなっているのだとしたら。

――頼むから、逃げないでくれ。……お前だけは、変わらないでいてくれ。

俯《うつむ》いている令也の細い肩を見ていると、そんな不安が鷹之の胸をかすめた。

「俺は記憶をなくすまで飲むような失態は、犯したことがありません。断言できます」

「もちろんうちとしてもきみを信じたい。が、万が一、私的な小遣い稼ぎとしてこの仕事を請けていたとしたら」

「したら、なんですか」

冗談ではない、と鷹之は内心怒り狂っていた。

父親が先物取引でボロボロになったのを見ていたというのに、原野商法の片棒を担ぐ宣伝など、たとえ何億円積まれようが引き受けるはずがないではないか。

しかしまだ社長の目には、疑いの色が浮かんでいる。

こうなってくると事実かどうかよりも、事務所そのものに腹が立ってきた。素行はともかく仕事に関しては、プロに徹して長年真摯《しんし》に働いてきたはずだ。その自分の言葉を信じられないというのか。

やっていられるか、と鷹之が席を蹴ろうとしたそのとき。

「わっ、わかりましたあっ！」

大声で言って真っ直ぐに手を上げたのは、一番端に遠慮がちに座っていた令也だった。

なにごとかと視線が集中すると、令也は一気に頬を赤くする。が、詐欺師たちへの怒りがあるせいか、きりりと勇ましい顔つきですっくと立ち上がった。

「これは確かに、鷹之さんの声です。でも、今回の件とはまったく関係なく、放送された音声をうまくインタビューっぽく繋いだだけです」

どうやら俯いて黙っていたのは、じっと過去の鷹之関連の記憶をたどっていたらしい。

おおっ、と長谷川などは問題が解明されたかのように嬉しそうな顔になったが、マネージャーは苛立った声で言う。

「なにかと思えば、そんなことはもちろん想定済みだ。これから急いでドラマの台詞や、番宣で出演したバラエティ番組の発言を調べる手はずになっている。ただ、確認に時間がかかるのが問題なんだ。特に番宣はドラマごとだから、相当な数を照会しなきゃならない」

ドラマの台詞であれば、鷹之もまったく思い当たらないということはないだろうから、内容からして番組宣伝の可能性のほうが大きい。

しかし令也は確信に満ちた面持ちで、マネージャーに反論する。

「いえ。その照会は必要ありません」

「なんだと？」

どういうことかとマネージャーだけでなく、全員が令也の言葉に聞き入る。

「これは鷹之さんの二本目の恋愛ドラマ、金曜八時枠の『捨てられた部屋』の番宣です。ですが、テレビのバラエティ番組じゃありません。ラジオの深夜放送です」

「ラジオ？」

思わずハモると、令也はこくりとうなずく。

「一昨年に放送終了した『熊谷健太郎《くまがいけんたろう》のスズメの庭』、あの番組のゲスト出演のときの会話とすべて被っていると思います。日にちは、確かドラマ開始前日の放送と記憶してます」

「それはつまり、詐欺師たちは自分たちの問いかけに答えているように、ラジオの音声部分を使ったってことか」

長谷川が言い、令也はうなずいた。

「あのときはシークレットゲストだったんですよ。だから鷹之さんのファンでも、聞いてる人は少ないはずです。俺は時期的にゲスト出演の可能性があるものは、すべてチェックしてましたけど」

「令也が言うなら確実だ。彼は俺の出演番組の放送回数、ロケ地、キャスト、サブタイトルのほとんどを暗唱できる」

本当だろうか、と疑わしげな顔で令也の説明を聞いていた役員たちも、鷹之の言葉で確信を持ったようだ。

「すぐラジオ局に問い合わせろ！　日付も番組も特定できるなら確認できるはずだ！」

重役の一人が怒鳴り、広報担当者とマネージャーは部屋を飛び出していく。

そこまでマニアックなファンだとは知らずにいたらしい長谷川は、異様な目をして令也を見ていた。

「お……お前、本気で覚えていて言ってるのか？『捨てられた部屋』って何年も昔のドラマだろ」

令也は謎が解明されてすっかり安心したらしく、緊張の解けた表情で腰を下ろす。

「鷹之さんて、バラエティでの番宣はあまり愛想がよくないんですよ。でも熊谷さんはご高齢のせいか、鷹之さんの口調が優しくて言葉も丁寧だったから、印象が強かったんです」

照れ笑いをする令也を、ますます気味が悪そうに長谷川は見た。

その一幕をじっと見ていた社長は咳払いをして、重たそうな体を椅子から持ち上げる。

「この事実確認がとれたら、早ければ今夜のうちにも、こちらは巻き込まれただけでまったくなんの非もない、完全な被害者だということが立証されるわけだな」

「まあ、そうですね。夜の報道番組に間に合えばいいんですが」

鷹之が応じると社長は杖をつき、体を揺すって独特の歩調でこちらに向かって歩いてくると、鷹之の右手をとった。

「失礼なことを言って、申し訳なかった。きみの海外進出が台無しになるところだと、私も相当に動揺していたらしい。これからも頑張ってくれ」

「言われなくても、頑張りますよ」

握手をすると、社長は再びコツコツと杖を突いて出入り口に向かいつつ、令也の横でぴたりと足を止める。

「まだ確認がとれていないが、もしも実証されたら臨時ボーナスを支払おう。ええと、きみは……」

「夏木令也です。だけど鷹之さんの宣伝に、そのボーナス分は回してください」

にこにこと晴れやかな笑顔で言う令也は、心底安堵しているようだった。

社長や重役たちが退出すると一気に緊張が解けたらしく、やれやれと長谷川が立ち上がって大きく伸びをする。

「どうします、自宅に戻りますか」

「いや今はまだ、自宅前に報道陣が張ってるだろう。今日はホテルだな」

「じゃ、ホテルの手配して、裏口に車回しておきますね」

長谷川も退出すると、鷹之は思わず令也に駆け寄っていた。

「お前のおかげだ、令也。ありがとう」

「よ、よかったです。ちょっと思い出すのに時間がかかっちゃいましたけど、あんなの俺にかかったらカルト問題ですらないですよ。オタクもたまには役に立ちますよね」

照れ隠しらしく、いつもより令也は早口だ。

――令也は、変わらない。

自分よりずっと小柄な、一見頼りなさそうに見える青年を見つめていると、鷹之の心の中に暖かな想いが、さざなみのように広がっていく。

あんなふうに唐突に異常な状況に置かれても、自分の身が危険になっても、金をくれてやると言われても。

いや、それよりもずっと前、からかってキスをしたり、クラブでペット扱いをしたときですら令也の鷹之を見る瞳は変わらなかった。

――どんなときでもその目がどれほどひたむきで一途《いちず》だったか、俺は生涯忘れないだろう。

「……令也」

込み上げる愛しさを抑えきれずに名前を呼ぶと、はい？　と小首がかしげられる。

その体を、鷹之は思い切り抱き寄せた。

「俺といると、こういう厄介なことがある。もっとひどいこともあるかもしれない。……それでもいいか」

「いいです」

耳元で呻《うめ》くように言った鷹之に、明るい声で即答が返ってきた。

「ちょっと怖いですけど、もう覚悟は決めました。たとえ新聞の一面にキスシーンがのったって、俺は別れたくありません」

令也は鷹之の目を、下から覗き込むようにしてくる。

「いいですか、それでも」

鷹之は思わず、ここ数十年のうちで初めてかもしれないというほどに、心の底からの笑みを浮かべてうなずいた。

「ああ。そうでなければ許さない」

自分のこの想いもまた、決して変わることはないだろう。

令也も鷹之の背に両腕を回し、しっかりと抱き締め返してくれる。

その手の力強さと体温が、欠けていた自分の心をすっかり埋めていくようだと、鷹之は感じていたのだった。

あとがき

こんにちは、風見香帆《かざみかほ》です。

初めて手にとってくださった方は、初めましてです。よろしくお願いいたします。

今作は後編を書き始めてから、ハプニングがありました。

というのもパソコン本体が、ぶおおおとものすごいうなりを上げたまま音が止まらなくなり、ワードを使えないくらいに文字を打つ反応が遅くなってしまったのです。

いつかはノート型も買おうと思っていたのですが、なんとなく伸ばし伸ばしにしていたため、所持しているのはデスクトップの一台だけです。

締め切りは待ってくれないし、修理も時間がかかるかもしれない。ということで、焦りながらパソコンに詳しい友人に連絡して、対処方法を教えてもらいました。

まずは近所のホームセンターに走り、埃飛ばし用のスプレーを購入。

帰宅後、友人の指示に従って恐る恐る本体のカバーを開くと、中身はカラフルで繊細なよくわからないものがぎっしりです。そのよくわからないものの集合体は友人の予測どおり持ち主の怠慢のせいで、可哀想に埃まみれになっていました。

スプレーをこれでもかと吹き付けて、緊張して汗ばむ手でカバーを元通りに。

するとあの嘘のように動きが軽やかになり、うなり声も上げなくなりました。

この作業が無事終了したことに、機械類の苦手な私としてはすごく一仕事をやりとげた達成感を覚えたのですが、うきうきと誰に話しても、そんなことはやって当然と呆れられただけなのでした。


そんな事態を乗り越えつつ完成した今回のお話ですが、イラストは「初恋偏差値」のときにもお世話になった、北沢《きたざわ》きょう先生が描いてくださいました。

オタクぎみな主人公ですがとても可愛らしく描いてくださり、日暮《ひぐらし》さんにも芸能人のオーラと影を漂わせる素敵な姿を与えてくださいました。本当にありがとうございました。

助言をくださった担当さまにも、大変感謝をしております。

そして最後になりましたが、この本を手に取ってくださりありがとうございました。

またいつか別の作品でお目にかかれますよう、願っています。

二〇一二年　五月　風見香帆

MOVIE

初出
脚本のないラブシーン 1 ―― 2011年 小説リンクス12月号掲載
脚本のないラブシーン 2 ―― 書き下ろし
そのままのきみだから ―― 書き下ろし

LYNX ROMANCE

嘘《うそ》つきは恋《こい》に惑《まど》う

風見香帆　illust. 端縁子

898円
（本体価格855円）

病気の祖父への仕送りのため、友人も恋人もつくらず貧乏な生活をする自動車修理工の弘名は、半月に一度、ゲイが集まるバーに通うことが密かな楽しみだった。有名企業の営業という偽りの姿を演じながら、いつものように飲んでいた弘名は、親しみの持てる大企業の子息・師堂から、強引に口説かれてしまう。「一晩、割り切って楽しまないか」と師堂に誘われた弘名は、彼の強さに惹かれ誘いに応じてしまうが…。

LYNX ROMANCE

愛《いと》しい傷《きず》にくちづけを

風見香帆　illust. 水玉

898円
（本体価格855円）

高校生のミナトは母親の再婚で、義兄の弘秋と暮らすことになった。最初は、きっちりした性格の自分とは違う楽観的な弘秋の性格に、苛立ちを募らせていたが、お互いへの苛々をぶつけあったのがきっかけで仲良くなり、今では悩みを打ち明ける仲にまでなった。そんなある日、弘秋から恋愛相談をされていたミナトは、彼から突然「キスをしてみないか」と言われ、執拗なキスをされる。それ以来、弘秋との関係は微妙に変化し…。

LYNX ROMANCE

初《はつ》恋《こい》偏《へん》差《さ》値《ち》

風見香帆　illust. 北沢きょう

898円
（本体価格855円）

会社員の柚季は、同じマンションに住む高校生の従兄弟・竜壱を溺愛していたが、反抗期で手を焼いていた。ある夜、柚季は竜壱の家からヤクザのような外見の男が出てくるのを目にする。不審に思い竜壱との関係を問い詰めた柚季は、神城と名乗るその男から「俺とつきあうなら、竜壱に手は出さない」と言われる。その言葉を信じ、神城とつきあうことを約束した柚季だったが、初日からホテルに連れ込まれ、淫猥な行為を強要され…。

LYNX ROMANCE

誓《せい》約《やく》の代《だい》償《しょう》～贖罪の絆～

六青みつみ　illust. 葛西リカコ

898円
（本体価格855円）

皇帝の嫡孫・ギルレリウスを主とする最高位の聖獣・リュセランは、深い愛情を向けてくれる彼を愛し支えたいと願っている。だが生まれつき身体が弱いため思うように動けない自分を歯がゆく思っていた。ある時、辺境にいた皇帝の四男・ヴァルクートが帰還し、初めて会うにもかかわらず真の主が彼だと絆を通じて知る。信頼していた絆は偽りだと知り、リュセランはギルレリウスを問いただすが、激昂した彼に陵辱されてしまい…。

LYNX ROMANCE

飼《か》われる幸《こう》福《ふく》～犬的恋愛関係～

剛しいら　illust. 水玉

898円
（本体価格855円）

大学生の満流は、姉から押し付けられたダメ犬のトイプードルに悪戦苦闘していた。まずは去勢と予防注射を受けさせようと近所の動物病院を訪れた満流。そこで親切で熱心な獣医の彩都が、犬の躾を教えてくれることになった。さっそく彼の自宅で躾合宿を行うが、スキンシップが激しい彩都が教えてくれる躾はどうもおかしい。犬の躾と同時に、家族構成や恋人の有無、首輪をして犬の格好になったりと、徐々に過激になっていき…？

LYNX ROMANCE

はちみつハニー

葵居ゆゆ　illust. 香咲

898円
（本体価格855円）

仕事にしか興味がない冷血漢と言われる橘は、ある日部下の三谷の妻が亡くなったことを知る。挨拶に訪れた橘を迎えたのは、三谷の五歳になる息子・一実だった。そこで橘は三谷から、妻の夢を叶えるため、パンケーキ屋をやりたいと打ち明けられる。自分にはない、誰かを想う気持ちを眩しく思い、協力することに。柄でもないと思いながらも、三谷親子と過ごす時間は心地よく、橘の胸には次第に温かい気持ちが湧きはじめてきて…。

LYNX ROMANCE

オオカミを食《く》らう赤《あか》ずきん

バーバラ片桐　illust. 周防佑未

898円
（本体価格855円）

大学で、抱かれたい男ナンバーワンにも選ばれたほどの真壁は、モテモテの大学生活を送っていた。

そんな真壁の元に「僕っていう婚約者がいるのに、女と浮気してたの？」と海外に行ってしまった幼馴染みの工藤が、突然現れる。天使のように可愛らしかった工藤は、今では超美形の色男に様変わりしており、さらには真壁を抱きたいと言い出して――？

LYNX ROMANCE

魔《ま》獣《じゅう》に魅《み》入《い》られた妖《よう》精《せい》

水島忍　illust. 日野ガラス

898円
（本体価格855円）

天涯孤独の千浦は、人間以外の動物や植物と会話するテレパシー能力を持つが故に、研究施設に監禁されていた。植物たちと静かに過ごしながら、ここから出られる日を夢見ていたある日、施設を訪れた伏見と出会う。本来は人間に通じないはずのテレパシーが伏見に伝わり、千浦は驚きながらも彼に助けを求める。伏見のおかげで、施設から助け出された千浦だったが、彼に匿われ一緒に暮らすうち、彼の優しさに触れ、惹かれてゆくが…。

LYNX ROMANCE

ドレスダウン

神楽日夏　illust. 雨澄ノカ

898円（本体価格855円）

大学生の笹生暁は、平凡で個性がないと言われながらも、モデルのバイトを続けていた。そんなある日、暁は新進気鋭のデザイナー・加賀谷隆介に、新ブランドのイメージモデルに抜擢される。モデルや俳優としても活躍した経験を持つ加賀谷は、暁にとっても憧れの存在だった。妥協を許さない加賀谷の仕事ぶりに触れ、彼に相応しいモデルになりたいと思うようになった暁。しかし、その想いは次第に尊敬以上の気持ちになり……。

LYNX ROMANCE

白銀《プラチナ》の使い魔

真先ゆみ　illust. 端縁子

898円（本体価格855円）

白銀の髪を持つフランは、幼い頃に契約した主に仕えるため、使い魔養成学校に通っていた。だがフランには、淫魔とのハーフであるというコンプレックスがあった。淫魔は、奔放な気質のせいで使い魔には不向きと言われていたからだ。そんな中、同室のジェットへの想いから、フランは淫魔として覚醒し始める。変化する身体を持て余すフランは、ジェットにただの体調管理だと言われ、淫魔の本能を満たすための行為をされるが……。

LYNX ROMANCE

ダミー

水壬楓子　illust. 佐々木久美子

898円（本体価格855円）

人材派遣会社『エスコート』の調査部に所属する環は、オーナーの榎本から、警備対象の影武者になる仕事を引き受けさせられる。その間、環のボディガードにあたるのは、警視庁のSP・国沢だった。彼とは大学時代の同級生で、かつて環は彼に想いを寄せていた。しかし辛い恋の経験から、それを告げずに彼の前から逃げるように姿を消した環。約十年ぶりに再会し共に行動する中で環は捨てたはずの国沢への想いを再び募らせていき……。

LYNX ROMANCE

掠奪《りゃくだつ》のメソッド

きたざわ尋子　illust. 高峰顕

898円（本体価格855円）

過去のトラウマから、既婚者とは恋愛はしないと決めていた水鳥。しかし紆余曲折を経て、既婚者だった会社社長・柘植と付き合うことになった。偽装結婚だった妻と別れた柘植の元で秘書として働きながら、充実した生活を送っていた水鳥だったが、ある日「柘植と別れろ」という脅迫状が届く。水鳥は柘植に相談するが、愛されることによって無自覚に滲み出すフェロモンにあてられた男達の中から、誰が犯人なのか絞りきれず…。

LYNX ROMANCE

スロウスロウ

栗城偲　illust. いさき李果

898円
（本体価格855円）

下請けの現場リーダーをしている成島は、妻を亡くした後、一人息子と慎ましい生活を送っていた。そんなある日、地下鉄工事の案件で元請と揉めた後輩の代わりに現場責任者として入ることに。現場には、施工主であるインテリメガネの萱森という若者がいたが、成島は彼のことを暴言を吐いた人物だと聞き及んでいた。だが萱森という人物を知れば知るほど、成島は彼の思いやりのある人間性に徐々に惹かれていき…。

LYNX ROMANCE

猫《ねこ》のキモチ

妃川螢　illust. 霧壬ゆうや

898円
（本体価格855円）

ここはメルヘン商店街。絵本屋さんの看板猫・クロは、ご主人様の有夢が大好き。ご主人様に甘えたり、お向かいのお庭で犬のレオンとお昼寝したり近所をお散歩したり…毎日がのんびりと過ぎていく。ご主人様は、よく店に絵本を買いに来る、門倉っていう社長さんのことが好きみたいで、門倉さんがお店に来るととっても嬉しそう。でもある日、門倉さんに「女性のカゲ」が見えてから、ご主人様はすっごく落ち込んでしまって…。

LYNX ROMANCE

犬《いぬ》のキモチ

妃川螢　illust. 霧壬ゆうや

898円
（本体価格855円）

ここはメルヘン商店街にある、手作り家具屋さん。犬のレオンは家具職人の祐亮に飼われて、店内で近所に住む常連の早川父子が寛ぐ様子をよく眺めている。どうやら少し前に離婚したようで、まだ小さな息子を頑張って育てていた。そんな早川さんを、祐亮はいつも温かく見守っている。無口な祐亮は何も言わないが、早川さんに好意を持っているようだ。そんなある日、早川さんの息子の壱己が店の前で大泣きしていて…。

LYNX ROMANCE

瑠《る》璃国《りのくに》正伝《せいでん》2

谷崎泉　illust. 澤間蒼子

898円
（本体価格855円）

海神を鎮める役目をもつ瑠璃国の海子・八潮は、後継者の立場から貴族の清栄を「支え」に選ぶことになった。心も身体も満たされるかと思われた八潮のもとに突然瑠璃国の王と海子である父の訃報が舞い込む。悲しみに暮れる中、海子を廃止する意見がもち上がり、さらには「支え」である清栄の家が失脚するという不幸が重なる。誰にも頼れず孤立する八潮の前に、謎の男・渡海が現れ、「俺がお前を支えてやる」と告げていき…。

この本を読んでのご意見・ご感想をお寄せ下さい。

〒151-0051
東京都渋谷区千駄ヶ谷4-9-7
(株)幻冬舎コミックス　小説リンクス編集部
「風見香帆《かざみかほ》先生」係／「北沢きょう《きたざわ》先生」係

リンクス ロマンス

脚本のないラブシーン

2012年5月31日　第1刷発行

著者……………風見香帆《かざみかほ》

発行人…………伊藤嘉彦

発行元…………株式会社　幻冬舎コミックス
〒151-0051　東京都渋谷区千駄ヶ谷4-9-7
TEL 03-5411-6434（編集）

発売元…………株式会社　幻冬舎
〒151-0051　東京都渋谷区千駄ヶ谷4-9-7
TEL 03-5411-6222（営業）
振替00120-8-767643

印刷・製本所…共同印刷株式会社

検印廃止

ISBN978-4-344-82521-5 C0293
Printed in Japan

幻冬舎コミックスホームページ　http://www.gentosha-comics.net